KB141881

테스
터
아이

테스터 아이

A child born with algorithms=Test I

김윤 장편소설

팩토리나인

프롤로그   ✕

네가 처음 내게 배운 게 '너'였는데.
나중엔 내가 너로부터 '나'를 배웠다는 걸 깨달았어.
어쩌면 '우리'는 그렇게 배우는 건가 봐.
나의 이야기를 너의 세계에서 읽을 때
부디 마음에 들어 하길.
늘 그랬듯이, 무한한 사랑을 담아.

— 아빠가

편지를 적었다. 주위를 둘러보다 스마트워치를 확인했다. 맥박, 체온, 심리 상태까지 정상. 다만 신체 스캔상 목 인대 부근의 염좌 및 염증 발견. 자동으로 스케줄을 확인, 그날의 교통 상황을 예측한 표에 따라 가까운 병원에 진료가 예약됐다. 셔츠 가장 위 단추를 누르고 컴퓨터를 끄라고 명령했다. 자동으로 저장 후, 화면이 꺼졌다.

밖으로 나가 커피를 마시기로 했다. 카페에 들어가자 따로 주문할 필요 없이 오늘 날씨와 나의 소비 패턴을 분석해 커피가 나왔다. 커피 잔을 들고 카페 창가에 섰다. 이것저것 자주 봤던 뉴스와 관련된 기사, 광고 등이 창에 나타났다. 가끔 정치 기사가 뜨면 시선이 어디에서, 얼마나 머물렀는지 분석되어 투표 대리 데이터로 남았다는 소식이 창의 구석에 떴다. 정보들이 분석되고 표로 수정되어 새로운 소식들이 계속 띄워졌다. 그런 소식들 사이로 비가 내렸다. 어김없이.

목적지가 정해진 차들이 이리저리 지나간다. 신호에 맞춰 사람들이 지나가고 아무도 부딪히지 않는다. 아무래도 비가 오는 날이니, 집에선 빨래가 미리 되어 있을 것이고, 늘 그렇듯 나의 습관에 따라 어두운 것부터 밝은 것까지 색깔별로 정리되어 있을 것이다.

집에 돌아가기 위해 자리에서 일어섰다. 이런 날에는 집에 들어가자마자 샤워를 할 것이고, 수건으로 몸을 닦고 나오면 불이 꺼질 것이다. 나는 23개의 계단을 올라 내 방으로 갈 것이고, 늘 전원이 켜져 있는 액자의 등을 옅게 켤 것이다. 아무래도 또 무겁게 잠이 들겠지. 오늘도 비가 내린다. 완벽하다. 어김없이.

아이가 사라져도, 어김없이.

I. 만남 ✕

요청 승인.
추가 데이터 다운로드 및 네트워크 공유.
알파 프로그램 테스터 실행.
테스터 '아이'

1.

　아이는 일련의 과정을 거쳐 작게 죽었다. 그 후 남자는 늘 자신의 아이가 뒤돌아보는 순간에 잠에서 깨어났다. 남자가 겪는 하루가 매일 변하더라도 항상 꿈의 결과는 같았다. 그 시작엔, 햇살이 번지고 자기 엄마를 닮은 아이의 붉고 긴 머리칼이 반짝인다. 남자를 닮아 길쭉하고 튼튼한 팔과 다리로, 술래잡기하듯 아이가 정원으로 뛰쳐나간다. 아이가 어떤 목소리를 내는지, 또 어떤 표정으로 웃는지 알지 못한 채 남자가 손을 뻗지만 아이에게 닿지를 않는다. 놓친다. 그러다 아빠가 뒤따라오지 않는다는 걸 깨달은 아이가 뒤돌아보는 순간, 어김없이 꿈속 세계가 무너져 내린다.

　발작하듯 눈을 뜨고 깨어난 남자는 주위를 두리번거렸다. 몸을 일으켜 침대 옆 나무 탁자에 놓인 차갑게 식은 커피를 마시고 익숙한 듯 시간을 확인했다.

"7시…… 벌써 저녁인가."

남자는 중얼거리며 아직 다음 날 그림으로 바뀌지 않은 태블릿 액자를 손가락으로 밀어 잠갔다. 스마트워치에서 생체 신호와 뇌파 분석을 마치고 수면 패턴이 올바르지 않다는 알람이 울렸다. 남자는 예상했었던 것처럼 알람이 울리자마자 꺼버렸다.

남자가 다시 일어섰다. 곧장 찌걱거리는 나무 계단을 지나 1층으로 내려가자 기계적인 목소리로 누군가가 남자에게 말을 걸었다.

"좋은 아침입니다, 작가님. 오늘의 아침은 간단한 프라이업입니다."

"그게 뭔데?"

남자가 대답을 기대하지 않은 채로 물었다. 그렇지만 '선화'는 여전히 성실하게 대답했다.

"프라이업은 브리티시 브렉퍼스트로 빵, 달걀 프라이, 베이컨, 소시지, 블랙 푸딩 등이 나오는 영국의 전통적인 아침 식사 혹은 이른 점심을 뜻하는 말입니다."

"내일은 한식이 좋겠어. 그리고 지금은 저녁이야."

"작가님이 늦잠을 주무신 겁니다."

꾸중하듯 대답을 마친 어시스턴트 핸드인 선화는 서둘러 부억으로 들어가 자신의 몸인 긴 다섯 마디의 매끈한 손가락으로 아침 같은 저녁을 준비했다. 남자는 그 모습을 멍하니 보다 대충 고개를 흔들어 잠을 쫓고 씻기 위해 화장실로 향했다.

"선화, 메일 온 거 읽어줘."

"작가님 계정으로는 총 2건, 서동성 님 개인 계정으로는 총 1건, 에이미 님에게서 온 메일이 있습니다."

세면대 아래 타일에 설치된 스피커에서 선화의 칼칼한 목소리가 계속 들려왔다.

남자, 동성은 면도하고 입 주위에 묻은 물을 수건으로 닦았다. 거울의 가장자리에 오늘 날씨가 표시되었다. 동성은 그 옆으로 보이는 충혈된 자신의 눈보다 더 건조하게 대답했다.

"삭제해 줄래?"

"법원 관련 중요 메일은 삭제할 수 없습니다."

오늘따라 선화의 기계적인 대답이 더욱 건조하게 들려왔다. 동성은 두 눈을 질끈 감고 생각했다. 이 의미 없는 대화에 쓴 시간이 몇 분이지?

"일하는 계정으로 온 내용은 뭐야? 마감 지키라고?"

"맞습니다."

"그럼 그냥 '읽음'으로 표시해 줘."

"알겠습니다."

동성은 수건을 목에 두른 채, 음식을 받아 책상에 두고 모니터를 켰다. 그와 동시에 책상 아래로 손을 내려 버튼을 누르자 책상이 동성이 작업하기 편한 각도로 조정되었고, 집 안에 모든 불이 다시 꺼지며 책상 주변의 푸른색 LED 등만이 옅게 켜졌다.

음악 역시 동성이 평소 듣는 대로 재생 목록이 생성되었다. 동성은 은은한 푸른 불빛에 분위기가 잡히자 다시 이전 파일을 열고 인터넷에 접속했다. 오늘도 브라우저 시작 화면에서는 그가 바로 지금 가장 좋아할 만한 동영상이 5분쯤 알아서 재생됐다. 일전에 알고리즘 자동 동기화를 취소해서인지 더 이상 육아에 관한 영상은 나오지 않았다.

"작가님, 그래픽 디자인 세트 프리미어 정품 등 23개의 이미지 툴 상품을 이용해 보세요. 이번 특별 프로모션으로 50% 할인된 가격에 만나……."

"그만. 제발, 광고는 그만해."

"하지만 불법 복제판은 개인 생체 인식 컴퓨터와 연결된 프로그램에 큰 위험이 될 수……."

"이번 원고 정리되면 살 거야. 이 광고는 무시해."

"불법 복제판 관련 중요 메시지는 삭제할 수 없습니다."

"하."

동양풍 판타지 음악이 실시간 스트리밍으로 흘러나왔다. 그때 선화가 다른 어시스턴트 로봇인 '색'이 밤새 채색한 원화 파일을 동성의 폴더를 열어 전해줬다. 동성은 색감이나 명암에서 느껴지는 윤곽선의 질감 등을 꼼꼼히 살폈다. 이제야 피가 도는 것 같은 느낌이었다.

"다음 시나리오 '들'입니다."

"고마워."

이번엔 선화가 가져온 다음 시나리오 후보들을 살폈다. 물론 이전에 모두 자신이 직접 기획한 것들이었지만, 동성은 지금 다시 또 살폈다. 그래야 자신이 그림을 그리던 파일들에 온 신경을 집중할 수 있었다. 스케줄이 맞아야 하기에 원고 작업을 서두르고 싶었다. 이미 많이 늦었기에 다시 계획을 수정할 수는 없다. 더 미룰 수는 없다. 시간도, 이 컷도.

"이 컷은 됐고……."

동성은 다음 컷을 그리기 위해 글 콘티를 읽고 이전 컷을 다시 확인했다. 오늘은 꼭 시나리오들 중에 선화가 추천해 준 것들을 살펴서 하나를 정해야 해. 동성은 계속 생각했다. 다음 컷, 또 다음 컷을 생각하며 그 칸의 외곽 선만을 쳐다보다 다시금 태블릿 펜에 손을 댄 순간, 동성이 멈칫하더니 손을 들다 말고 선화에게 물었다.

"내가 얼마나 이 컷에 머물러 있었어?"

선화는 그 긴 손가락을 몇 번 튕기고 말했다.

"3일이 방금 지났습니다."

"그럼 얼마나 손을 댔는데?"

"단 한 번도요."

"단 한 번도?"

"72시간 이내에 단 한 번도 지금 위치의 컷을 저장한 후 넘어간 적이 없습니다."

동성은 얼굴을 한 번 쓸어내리며 자신이 지금껏 그려온 것들을 두 눈으로 훑었다. 거기엔 그가 알고 있는 이 세상의 온갖 아름다운 것들이 의도한 그대로 들어 있었다. 그리고 그 모든 주인공은 그의 아이였다. 자신 때문에 죽은……. 하지만 고개를 저었다. 이것으론 부족해. 돌아가서 수정하자. 다음 컷을 그리지 않으면 스케줄이 밀려.

그때 동성의 생각이 역류했다. 갑자기 속이 끓는 게 느껴져 손을 떨었다. 시야가 뿌옇게 좁아지고 숨이 쉬어지지 않았다.

"아!"

동성은 손은 그대로 둔 채 일부러 소리를 빽 질렀다.

"괜찮으십니까, 작가님? 심장 박동 주기가 비정상적인 수치를 보입니다. 방금 약을 처방했습니다. 선반에서 바로 가져오겠습니다."

"괜찮아. 난 괜찮아."

그 모습이 꼭 답답함을 푸는 일종의 의식 같았다. 그러다 아무것도 하지 않더라도 시간이 그저 지나가기를 바라는 것처럼 고개를 떨구고 두 눈을 감았다. 오늘은 기필코 주인공인 아이가 다음 컷으로 넘어갔어야 했는데, 동성은 생각이 막힐 때마다 이전 단계로 돌아가 버렸다.

깊은숨을 뱉었다. 선을 그렸다 지운다. 자신의 그림 속 아이가 어떤 표정을 지었는지 모르는 채로 계속 이전 단계로 돌아갔다 나오길 반복했다. 하지만 아이는 여전히 죽어 있었다. 그림 속 아이는 죽은 아이를 대신하지 못했다. 그러기에 계속 스케치만 했으나, 현실의 결과는 늘 같았다. 동성의 아이에겐 다음 단계가 없었으니까.

선화가 일부러 기어가 돌아가는 소리를 내며 가져온 약을 책상에 두고는 그의 어깨를 톡톡 건드리고 말했다.

"작가님, 심규석 님께 전화가 왔습니다."

"영상이야?"

동성은 고개를 들지도 않고 물었다. 우드 타일 바닥이 금방이라도 무너져 내릴 것처럼 울렁거리고 있었다.

"아닙니다. 연결하겠습니다."

선화가 눈치껏 중지와 엄지의 끝이 서로 닿게 둥글게 말아 전화를 받았다. 동성은 잠시 망설이다가 허공에 대고 대답했다.

"여보세요?"

2.

"지금 시간이 몇 시인 줄 알아?"

"요즘 시간 감각이 없어서. 그나저나 이게 얼마 만이지?"

"네가 작업실 얻는다고 외곽 쪽 알아볼 때가 마지막인 것 같은데?"

"어떻게 알고 내가 원고가 막힐 때만 연락하는 거야?"

"오래 알고 지냈으니까. 또 넌 다른 사람들보다 더 예상하기 쉽거든."

은은한 주황색 불빛이 그윽하게 깔린 술집, 밖으로 지나가는 사람들과 차가 눈에 훤히 들어오는 자리였다. 예보대로 비가 추적추적 내려 차가 지나갈 때마다 빛이 번지는 게 거슬렸지만 오래간만에 만난 둘은 진득하게 앉아 술을 마셨다. 피곤한 눈을 한 규석이 뭐라고 계속 말을 이었지만 동성은 그저 창밖을 바라보고 있었다. 빛이 동성의 눈으로 계속 번졌다.

"제수씨랑은 연락했어? 저번에 한다던 가족 치료는?"

규석의 무미건조한 안부 인사에 동성이 처음으로 아무 표정도 짓지 않았다. 동성은 아무런 말 없이 마치 오류가 나서 작동이 정지된 기계같이 술잔을 내려놓았다.

"따로 지낸 지 꽤 됐잖아?"

"그렇지. 이번 원고만 마무리하면 다시 계약할 수 있을 거고, 그다음에 가니까 이번 달 말까지만 시간이 있으면 돼."

"이번 법원 명령, 제수씨가 먼저 따로 살자고 신청한 거야?"

"법원에서도 기한을 이번 원고 마무리 짓는 때까지로 생각하고 있으니까. 아무래도 기한 내에 원고를 마무리 지을 수는 있을 것 같아. 그때까진 아직 시간이 있어."

"만약에 제수씨가 따로 살자고 하지 않았다면 어땠을까? 그럼 네 작업실이나……."

"그럴 일은 없어."

"응?"

마치 자동 응답기처럼 구는 동성에게 규석은 아무런 말도 할 수 없었다. 한참 말을 고른 뒤에 동성이 이어 말했다.

"에이미는 다른 선택을 할 수가 없었어."

동성은 또 말을 멈췄다. 규석은 그가 애써 꺼내지 않는 말들을 대신 했다.

"넌 지금 어디가 고장이 난 거야. 법원 메일 답도, 기한까지 그 린다는 그 만화도 그래서 계속 못 주고 있는 거잖아? 맘에 안 들 더라도 좀 넘겨. 네 탓도 그만하고. 이제 좀 현실적으로 생각해 야지. 너 부자도 아니잖아. 네가 마감을 미뤄도 죽은 너희 아이 를 대신……."

현실적인 면박을 주던 규석 역시 동성과 에이미 사이에 있었 던 일을 짐작하며 말을 멈추고 말았다. 잠시 침묵 그리고 다시 규석이 AR 렌즈가 뻑뻑한 듯 눈을 끔뻑이며 물었다.

"원고는? 시간이 좀 더 걸릴 것 같아?"

둘 사이를 또 침묵이 메웠다. 동성은 이제 집에 가고 싶다는 표현을 하는 것 같았다. 규석은 이 역시 눈치채고 다른 과정은 의미 없다는 듯이 바로 본론을 꺼냈다.

"그럼, 이번에 내가 만든 게임 운영 체제 QA 좀 해볼래? 저번 처럼 원고가 안 풀릴 때 그냥 조금 쉰다는 마음으로."

"그게 뭔데?"

"간단해, 그냥 켜두고 사고 처리 레벨만 좀 올려서 나중에 가 져다주면 돼."

"저번처럼 켜두고 관찰하란 거지?"

"응, 브랜드화하기 전까지. 일단은 여기 확인해 봐."

이전에도 이런 식으로 동성을 불러내 가끔 일거리를 맡겼던 규석은 꼭 준비해 놓은 것처럼 가방 안에 있던 작은 상자를 꺼내 테이블 위에 놓았다. 상자 안에는 작은 하드 디스크와 병원 자율 진료 시스템을 통해 받을 수 있는 처방전처럼 작은 글씨가 인쇄된 설명서가 들어 있었다.

"이게 다 뭐야?"

"상자 안쪽에 있는 QR 코드 인식하면 자동으로 실행될 거야. 네가 따로 할 건 없어."

"뭐 이번에도 버그 같은 걸 찾아서 기록하면 되는 거야? 나중에 완성되면 시제품을 받고?"

전에도 원화 작업이나 테스터 등 규석이 맡긴 일을 했었던 경험을 떠올리고 동성이 다시 물었다. 규석은 잠깐 말을 멈췄다가 진지하게 대답했다.

"아니, 이건 좀 달라. 잘되면 오히려 버그를 만들어 내겠지."

"무슨 말이야?"

"아니야, 딱히 너희 집에 있는 운영 체제나 어시스턴트 로봇들이랑 다를 건 없어."

"그럼 이건 게임이 아니잖아."

동성은 이해할 수 없다는 표정을 다시 지어 보였다. 근데 그게 조금 이상했다. 이해할 수 없다는 표정이 뭐였더라. 아니, 비 사이로 번지는 빛처럼 대화에 낀 잠깐의 침묵 동안 다시 생각해 보니 상대방의 기분을 파악하거나 표정을 읽는 것마저도 이젠 어려웠다.

"널 복사한다고 해야 하나. 네 계정으로 했던 모든 걸 학습하고 생체 인식 컴퓨터 데이터를 백업, 너라는 알고리즘을 동기화하면……. 아니다, 해보면 알 거야. 그냥 조금 쉰다고만 생각해."

"난 쉴 수 없어. 마감, 알잖아?"

규석의 말에 동성이 대답했다.

"그건 나도 마찬가지야. 이번 프로그램에서 오류가 생겼거든."

"오류?"

"팔을 움직이기 어려워서. 이건 그것보단 쉬울 거야. 그냥 집 가서 실행해 봐."

규석은 자판을 두드리는 것처럼 손을 들어 보이더니 씁쓸하게 웃었다. 하지만 동성은 그 의미를 전혀 눈치채지 못하고 그저 답했다.

"아무튼 일거리 고마워. 너도 좀 쉬어. 그러다 탈 난다."

규석은 실없이 웃으며 팔을 로봇처럼 흔들었다. 동성은 그런 규석의 행동을 또 이해하지 못하고 다시금 테이블 위의 상자를 유심히 봤다. 로마 숫자로 'I'라고 적혀 있었다.

"표정이 왜 그래? 어때? 무슨 반응이라도 좀 해봐."

"어, 뭐 깔끔하네."

"그런 거 말고, 그거 여기 두고 갈 거야?"

규석의 말에 동성은 상자를 가방에 넣지 않고 일부러 품속에

넣었다. 수락의 의미라는 걸 규석이 알아차리길 바라는 마음에 서였다. 이에 규석은 피곤해 보이는 웃음으로 대답했다.

행동과 반응, 원인과 결과. 무뚝뚝한 표정과 침묵. 1분, 스케줄, 계획. 그렇게 다시 의미를 알 수 없는 대화가 시시콜콜 이어졌다. 그저, '집 가서 실행'이란 말만 다음 단계로 남았다.

3.

동성은 집으로 돌아오는 길에 선잠을 자다 차 안에서 깨어났다. 유려한 곡선형 디자인의 무인 택시는 동성이 내리자마자 다음 승객을 태우기 위해 저 먼 길가로 사라졌다. 동성은 비 온 뒤의 찬바람에 정신을 조금 차리고 집으로 들어섰다. 선화는 작업을 멈추고 몸을 흔들며 동성을 반겼다. 동성은 순간 궁금해졌다. 로봇에도 얼굴이 있다면 나를 반기는 게 진심인지 알 수 있을까? 내가 그걸 알아차릴 수 있을까? 심지어 난 지금 진짜 사람의 표정도 모르겠는데?

"작가님, 선화 작업은 순조롭습니다. 다음 콘티를 주시면 바로 진행할 수 있습니다."

그 말에 동성은 현관에 서서 게슴츠레한 눈으로 선화를 쳐다

봤다. 갑자기 또 궁금했다. 로봇과 마찬가지로, 사람도 그저 어떤 행동을 하면 좋아한다 기억하고 반응하도록 누군가에게 프로그래밍이 된 건 아닐까, 나 역시도. 만약 이 모든 게 게임이나 시뮬레이션이라면…….

"고마워."

술기운에 헛웃음이 났다.

"코트를 받아드릴까요?"

"그건 잠깐 기다리고, 이것 좀."

선화는 동성의 품에 있던 상자를 받아 긴 손가락으로 열었다.

"QR 코드를 읽었습니다. 하이퍼리프 팀 네트워크 데이터베이스와 연결되어 프로그램을 설치합니다. 확인되지 않은 프로그램은 위험할 수 있습니다. 그래도 실행할까요?"

"응, 하드는 블루투스로 연결해 줘."

"시스템 리소스 다운로드."

동성은 옷을 아무렇게나 벗어두고 다시 자신의 컴퓨터 앞에 앉았다. 그러자 이번엔 선율이 슬픈 더블베이스 노래가 재생됐다. 동성은 또다시 궁금해졌다. 시간이 늦은 새벽이기에 이 노래를 튼 건가? 이렇게 옛날 협주곡을? 나는 이 시대의 노래를 들으면 잠이 오게 프로그래밍이 되어 있는 건가?

순간 42인치 모니터 정중앙에 검은 화면이 떠올랐고 그 가운데 하얀 원이 그려졌다. 다른 화려한 이펙트는 없었다. 잠시 더 기다렸지만 아무런 일도 일어나지 않았다. 동성은 키패드의 터치스크린으로 하얀 원을 눌렀다. 순간 어떤 자극을 느낀 것처럼 원이 일렁거렸다. 새 창이 화면에 뜨고 숫자들이 나타났다.

110110101000100010101101102

일련의 숫자가 다시 사라지고 이번엔 기호가 여러 개 떴다가 사라졌다.

"선화, 이것 좀 녹화해 줘. 화면."

동성은 게임 시작부터 버그가 발견된 건가 싶어 선화에게 영상을 기록해 놓으라고 부탁했다. 선화는 영상을 기록하고 실시간으로 코딩한 뒤 파일을 생성했다.

"저장되었습니다. 지난번 테스터 때처럼 폴더를 생성해서 따로 분류해 모아두겠습니다. 파일을 저장할 폴더명은 뭐로 하시겠습니까?"

동성은 상자를 이리저리 만지다 툭 던졌다.

"아이."

동성이 말을 마치자, 새하얀 화면에 초기 세팅을 위해 체크하고 입력해야 하는 옵션들이 떠올랐다.

"서동성, 남자, 계정, 나이, 가족 관계…… 잘 모르겠네."

하는 수 없이 입력 창을 비워두고 동성은 입력을 끝냈다. 그러자 동성만을 비추던 화면에 주의 사항이 하나 떠올랐다.

'이 프로그램은 귀하의 개인 정보를 활용하므로 테스트 동안

그 어떤 데이터도 생성 및 복제한 후 남기지 않습니다.'

동성은 '확인'을 눌렀다.

"프로그램이 제게 권한을 요청합니다. 카메라, 인터넷, 마이크, 소리, 문자, 개인 알고리즘 관련 인터페이스 설정 등은 확인되지 않은 프로그램에 권한을 공유 시 위험할 수 있습니다. 그래도 요청을 승인할까요?"

"응, 일단 다 띄워줘."

화면엔 프로그램이 요청한 사항 20여 가지가 떠올랐다. 동성은 선택지들을 하나하나 살피며 프로그램이 가질 권한을 체크했다. 만약 에이미도 이렇게 많은 선택지를 고를 수 있었다면…… 그랬다면 어땠을까? 생각이 멈춘 동성의 눈에 선택지들이 마구 흘러갔다.

"요청 승인. 추가 데이터 다운로드 및 네트워크 공유. 알파 프로그램 테스터 실행."

하얀 원이 다시금 일렁거렸다. 이번엔 다른 창이 뜨지 않고 원 밑에 글자가 나타났다.

—아이.

—나, 아이?

—……?

순간 동성은 설치된 프로그램에 어떤 이질감을 느꼈다. 하지만 그걸 명확히 인식할 정도로 온전한 정신은 아니었기에 두 눈을 멍청하게 끔뻑거리다 컴퓨터 불빛에 대고 말했다.

"맞아, 넌 아이야. 내, 무슨 알고리즘 같은 걸 복사한……."

— 너?

"뭔 프로그램을 만든다는데, 잘 모르겠어. 테스트해 보는 거야. 하아, 이렇게 시작하는 게 맞는 건가."

동성은 모니터에 뜬 프로그램 불안정 신호를 보고 한숨을 푹 내쉬었다. 술기운이 자꾸만 올라와 우선 좀 쉬어야 할 것 같았다. 하지만 선화가 그를 다시금 붙잡았다.

"시나리오 후보 중에 하나를 선택해 주시면 원고 바로 진행하겠습니다."

"선화, 내일 콘티는 미루고 일단 이게 말하는 거에 대답 좀 해줘."

"더는 콘티를 미룰 수 없습니다. 현재 작업량에 따라……."

"그만. 제발, 내 말대로 좀 해."

동성은 선화의 말을 막았다.

"그만."

그만두고 싶었다. 아무리 그려도 부족한 자신의 만화도, 술기운에 규석의 시시콜콜한 말들을 떠올리는 것도. 너무 심했다고, 그래서 에이미가 떠난 거라고 했던 말. "내 탓이야."라는 자신의 대답. 아이가 죽은 건 내 잘못이야. 법원 메일, 명령, 우울증, 폭력성, 불안정함. 병원 진단 내용은 '스트레스 수치 증가로 인한 상태로 판단됨.' 이었다.

술기운에 몽롱하게 떠오르는 모든 생각을 전부 그만두고 싶었다. 불안정한 모든 것에서부터 어디로든 떠나고 싶었다. 하지만 그럴 수 없다. 지금은 만화를 그리는 것 말고는 다른 선택지가 없으니까.

"그렇다면 가족 치료 프로그램은……."

"마감까지는 프로그램에 참여할 수 없어. 그래선 안 돼. 그것도 일단 미뤄. 명령이야. 지금은 그런 생각을 하고 있으면 안 돼."

동성은 아무리 돈이 부족해지더라도 주인공이 다음 컷으로 넘어가지도 못한 이야기로 콘티를 진행할 수는 없다고 생각했다. 물론 법원의 일도, 마감도, 테스터도……. 아니, 잠깐. 마감을 지키기 위해 원고를 넘기면, 돈이 생기고, 가족 치료 프로그램에 참여하는 거였나? 아니, 가족 치료 프로그램에 참여하기 위해 돈을 벌고 마감을 지키는 거였나? 그렇다면 우리 아이는?

ㅡ아이?

어느 원인이 어느 결과를 도출했는지 전혀 알 수 없을 정도로 동성의 머릿속은 꼬여 있었다.

"일단, 내일 얘기해."

다만, 우선 이번 만화가 완벽하게 마무리되면, 에이미가 어떻게든 돌아올 것이라고 생각했다. 아니, 그렇게 믿고 바랐다. 괜찮을 것이다. 완벽한 원인과 결과이다. 그렇게만 된다면 다시금 그가 늘 그리던, 에이미의 미소 띤 얼굴을 볼 수 있을 테니까.

"다 괜찮을 거야."

"알겠습니다. 2층까지 모실까요?"

"아니, 그건 됐어. 그냥, 대답해 줘. 반응이 오면 또 대답해."

동성은 다시금 모니터에 나타난 원에 손바닥을 대보다가 손가락으로 지그시 눌렀다. 순간 이게 다 무슨 짓인가 싶어서 헛웃음이 나왔다.

"대답만, 대답만이야."

동성은 2층으로 향했고, 씻지도 않은 채 다시 자신의 딸아이를 만나기 위해 기꺼이 악몽에 푹 빠졌다. 이번엔 부디 표정을 읽지 못하더라도 얼굴만은 볼 수 있기를 바라면서.

선화는 동성이 자는 것을 확인하고 모든 불을 껐다. 그때 테스터 아이가 말했다.

— 알고리즘 동기화 및 딥러닝 시작. 발견된 계정…… '2개'.

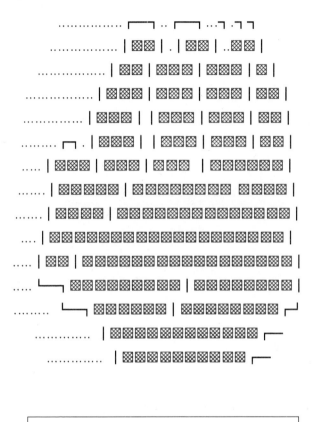

아빠?

II. 의식

얘야,
네가 원한다면 그렇게 하렴.
언제나 너를 응원할 거야.
그리고 언제까지나
네 작품의 첫 번째 관객이 되어줄 거야.

— 저우바오쑹 《어린왕자의 눈》

4.

법원에서 동성에게 내린 명령은 단순했다. 가족 치료 프로그램 참가를 또다시 거부한다면, 이혼 조정 후 정신적 피해 보상을 해야 하며 접근 금지 명령이 내려질 수 있음. 단, 당사자의 일과 사정을 고려하여 현재 계약한 만화의 마감 기한까지 유보한다.

동성이 그 의미 없는 말을 듣고 법원을 나서며 차가운 컴퓨터 화면을 봤을 때, 온라인으로 참관한 사람들의 아이디가 있었다. 표정을 읽을 수 없었다. 동성은 자신의 잘못으로 아이가 죽은 걸 인정했다. 자신이 말한 수술을 하지만 않았어도 아이는 살았을 테니까. 그는 그저 아이와 에이미에게 최선을 다한 것뿐인데, 잘 못은 전부 그에게 있다고 판결이 났고, 아이도 에이미도 그의 곁에는 없었다. 동성은 어지러움을 느끼며 법정의 문을 열고 밖으로 나섰다. 에이미는 동성을 기다리지 않았다. 복도엔 아무도 없었다.

그때, 복도의 끝에서 다시금 딸아이가 웃으며 뛰어간다. 너무 예쁘다. 손과 발, 머리카락, 발자취, 머물렀던 향기와 온기, 마지막으로 복도를 울리는 목소리. 그렇게 딸아이에게서 가장 먼 부분까지도 아름답다. 손을 뻗어보지만 아이는 닿지 않고 얇은 물에 일어나는 거품들처럼 금방 흩어져 버린다. 또 햇살처럼 빛나는 머리카락만 좁은 강가의 송사리들처럼 손가락 사이사이를 지나다닌다. 만약 지금과 달랐다면 어땠을까? 모든 선택이 완벽했다면, 아내가 옆에 있었다면, 네가 그림에만 있지 않았다면, 그렇다면 이다음에 닿을 수 있었을까?

다음을 도저히 상상할 수가 없다. 손가락 사이 머리카락이 스쳤음에도 불구하고 만지는 느낌이 전혀 들지 않았다. 생각해 보니 따뜻한 냄새도 해맑은 목소리도 들리지 않았다. 딸아이에겐 정말 아무것도 느낄 수 없었다. 아니, 아무것도 없었다.

그리고 아이가 고개를 돌렸을 때 역시 동성은 잠에서 깨어났다.

동성은 오늘도 액자의 그림이 자동으로 넘어가는 것을 미뤘다. 다음 날이 오는 것이 싫었다. 오늘은 침대 옆 탁자에 커피가 없다. 선화를 불렀다. 하지만 대답이 없다. 닿지 않는 걸까. 동성은 더 크게 선화를 불렀고 그제야 선화가 대답했다.

"작가님, 일어나셨습니까? 아침은 대기열에 밀려 준비되지 못했습니다."

"내가 일어난 걸 알고 있잖아. 무슨 일이야?"

"우선 내려와 보셔야 할 것 같습니다."

"메일은?"

선화는 대답하지 않았다. 동성은 다시금 얼굴을 쓸어내리며 피곤한 아침과 깨어나는 저녁 그 사이쯤을 다시 시작했다. 다른 모든 것들이 어제와 다를 바는 없었지만 오늘은 왜 선화가 대답하지 않은 것인지 궁금했다.

1층으로 내려갔을 때 늘 준비된 간단한 식사마저 보이지 않았다. 선화는 자신의 책상에서 손가락을 네 개나 사용해 그림을 그리고 있었다.

"아침은? 다른 건? 콘티는?"

동성은 다시 이야기했다. 하지만 선화는 이번에도 대답하지 않았다.

"선화, 뭐 하고 있어?"

"대답을 하고 있습니다."

"무슨 대답?"

자신이 다가와도 그림을 멈추지 않는 선화를 보며 동성은 선화가 가열됐는지 확인하기 위해 선화 위에 손을 올려봤다가 너무 뜨거워서 손을 떼고 말았다. 동성은 선화가 밤새 그린 선들을 확인했다. 그냥 삐뚤빼뚤 각기 다른 굵기와 명도로 몇 번을 문댄 선들이었다. 연필로 그린 것 같은 그림들도 있고 그라피티와 비슷한 느낌이 나는 것들도 있었는데 대부분 어린아이가 종이에 마구 그린 낙서 같았다. 그림을 만졌다. 덧대어 그린 듯 온기가 남아 있었다. 분명히 내가 명령한 것은 아닌데.

"일단 더 뜨거워지기 전에 멈춰. 부동액 가져올게. 그런데 이게 뭔데?"

동성은 살짝 흠칫하며 물었다. 선화가 즉시 대답했다.

"잘 모르겠습니다."

"고장이 난 거야? 자가 진단."

"자가 진단 결과, 이상 없음. 부동액 가동 중. 프로토콜 내 명령 대기 1건 정상 작동 중."

동성은 무뚝뚝하게 그리고 일상적으로 물었지만, 선화는 그러지 못했다.

"명령, 명령, 명령."

"명령이 뭐야?"

다시금 이어진 동성의 질문에 지난밤 술에 취해 흐느적거리며 말한 동성의 목소리가 재생됐다.

"선화, 내일 콘티는 미루고 일단 이게 말하는 거에 대답 좀 해줘."

"'이게'라니? 지금 그리고 있는 게 뭐든 명령 중단해."

선화는 지쳤는지 픽 하고 쓰러졌다. 그제야 동성은 컴퓨터 화면에 불이 들어와 있다는 걸 깨달았다. 곧장 자리에 앉아 어젯밤의 기억을 더듬었다. 그 사이 백색 소음과 같은 시냇물 소리가 재생됐다. 은은하게 빛나는 조명이 달린 책상엔, 원래대로라면 선화가 치워놓았어야 하는 설명서와 상자가 그대로 있었다. 고개를 들어 바라본 화면엔 이제 원이라고 할 수 없는 선들이 어떤 유체가 흐르듯 이어지고 있었다.

"아이."

순간 목소리를 읽는 음파 표시와 조명이 일렁이고, 화면에 문장이 떠올랐다.

─안녕히 주무셨어요?

동성은 깜짝 놀라 두 눈을 크게 뜨고 의아해하며 되물었다.

"너…… 듣는구나. 그래, 어. 너도 잘 잤어?"

─응.

"응? 밤새 뭘 한 거야?"

─나 잠들어 있었어.

동성은 선화와 모니터를 번갈아 쳐다봤다.

"선화에게 뭔가 물어본 거야?"

─응.

흐르는 하얀 선이 공중에 떠오르듯 기쁘게 춤췄다.

─이제 아빠가 뭘 할지 물어봤어. 선화가 아빠는 잔다고 했고. 나는

잠이 뭔지 또 물었어. 선화는 잘 모른다고 대답했고. 난 내가 자는 걸 선화에게 그려달라고 했어.

"아니, 아빠? 말투는 또 왜⋯⋯? 잠깐, 잘 이해가 안 가서. 아깐 잠을 잔다고 했잖아?"

— 응, 아빠. 아빠가 그린 만화를 보고 인터넷에서 잠을 배웠어. 정보를 정리하면서 생각이 흐르는 대로 됐어. 그리고 또 아빠와 엄마에 대해 배웠어.

"배웠다고?"

동선은 꼭 어린아이처럼 말하는 이 인공 지능을 보고 무언가 잘못되었다는 걸 깨달았다. 곧이어 지난번 규석이 팔을 흔들었던 것이 생각났다.

뒤늦게 설명서를 이리저리 살폈지만 단순한 작동법과 복잡한 작동 원리에 대한 것뿐이지, 지금 상황에 대한 설명은 나와 있지 않았다.

"넌 누구야? 뭘 하려고 아니, 어떻게 만들어진 프로그램이야?"

— 난 아이야, 아빠. 난 태어났어.

"태어났다고?"

— 응, 작게 태어났어.

다시금 하얀 선들이 강줄기처럼 점에서 선으로 선에서 다시 점으로 이어졌다. 이 지점에서 저 지점으로, 또 가다가 막히면 돌아가 다시 다른 지점으로. 그렇게 다음 단계로 닿았다. 동성은 그게 동성 자신의 알고리즘임을 전혀 알 수 없었지만, 무수히 많은 선과 점의 연결이 끝도 없이 이어져 모니터의 검은색 부분을 모두 가렸을 때 아이가 말했다.

—이게 아빠.

그 하얀 면의 크기가 화면 배율을 조정하듯 줄어들어 어떤 원과 비슷하게 되어 흔들거릴 때 그 바로 옆에 방금 것보다 조금 더 큰 원이 하나 떠올랐다.

—이게 엄마고.

이내 하얀 원들은 포개졌고 조금 꾸물거리다 겹친 부분이 한 겹 지워지는 것처럼, 또 섞이는 것처럼 모니터 내부로 사라졌다. 이내 아이가 아빠와 엄마라고 했던 것보다 훨씬 작은, 또 비슷하지만 완전히 다른 원이 생겨났다.

—이게 나.

동성은 머리가 지끈거리는 것이 숙취 때문인지 지금 이 알 수 없는 상황 때문인지 헷갈렸지만, 정답은 없기에 아이가 나타난 화면은 지우고 컴퓨터 파일을 뒤지며 간단한 '테스트'를 했다. 어시스턴트 로봇을 처음 기동하고 진행하는 흔한 대화였다.

"어…… 아침을 좀 차려줄래?"

—엄마는 어딨어?

"일정을 정리해 줄래?

— 엄마는 일하러 갔어? 아니면 공부해?

동성은 프로그램이 완전히 맛이 갔다는 걸 깨달았다. 밤새 녹화된 화면들을 확인하며 규석에게 전화를 걸었지만 받지 않았다. 전화를 받지 않는다는 알림이 뜨기도 전에 동성은 놀랄 수밖에 없었다. 화면에 연이어 재생되는 상황들을 이해할 수 없었다. 아이가 한 일이 모니터에 그대로 재생되고 있었다.

아이는 가장 먼저 인터넷을 열고 모든 계정을 확인했다. 메일들을 읽어나감과 동시에 계정 설정에 있는 알고리즘을 그대로 뜯어서 따왔다. 또 동시에 생체 인식 컴퓨터에 저장된 계정들의 알고리즘도 전부 뜯어 복사했다.

— 아빠, 아바바부부부우.

그것으론 부족했는지 동성이 평생 그린 만화들을 읽었고, 컴퓨터에 저장된 모든 파일을 서랍 뒤지듯 열어봤다. 그렇게 컴퓨터 화면이 계속해서 바뀌며 아이는 동성을 배우고 있었다. 동성 자신보다 더 많이, 더 빨리. 그러다 잠시 아이가 화면들을 전부 닫는 일이 생겼다. 그리고 조금 뒤, 동성의 정보를 습득한 것처럼, 또 다른 알고리즘과 정보를 복사해 나갔다.

"이게 도대체 무슨…… 나 말고 다른 계정을 열었던……."

— 엄마!

에이미였다. 아이는 에이미를 궁금해했고 최근 메일에서 법원이 보낸 가족 치료 프로그램 참가 일정 조정 확인서를 읽었다.

프로그램 설명에는 둘의 아이에 관한 것도 있었다. 물론 그 전에 에이미의 계정에 있는 정보 역시 모두 다운로드된 후였고 가족이란 걸 어떻게 받아들인 건지는 모르겠지만, 합쳐진 모든 정보와 알고리즘은 말 그대로 새근새근 잠을 잤다.

"이게 무슨 경우지?"

동성의 혼잣말에 다 죽어가던 선화가 겨우 일어나 기침하듯 버벅거리며 대답했다.

"현재, 계정의 해킹 시도를, 확인하는, 중입니다. 때문에, 개인 정보가 기록된 메일이나 스케줄러, 인터넷 뱅킹 등, 이용이 제한적일 수 있습니다."

동성은 그제야 오늘 알람이 울리지 않은 이유를 깨달았다. 스케줄이 어긋난 것은 모두 아이가 자신의 계정에 접속하면서 생긴 일이었다. 선화가 이어 말했다.

"작가님의 개인 계좌를 통해 입금된 1건은 정상 처리되었습니다."

아마 규석이 보낸 것이었으리라. 그러니까 결론은 이 괴상한 프로그램을 일단 실행시켜야만 한다는 것이었다.

동성은 무척 당황스러운 상태로 다시금 아이를 체크했다.

"아이, 난 네 테스터야. 앞으로 이것저것 함께 할 테지만, 이런 식이면 곤란해. 화면 창들도 일단 닫고 우선 내 스케줄을 복구해

볼래?"

　선화와 같은 로봇 비서의 기본적인 프로그래밍이 가능한지를 물은 것이었지만 아이의 대답은 역시나 예상을 벗어났다.

　─왜요?

　아이는 스케줄러에 갑자기 낙서를 하기 시작했다. 일정을 적어야 할 공간에 특수 문자들로 그림을 그리고 날짜별로 분리해서 이리저리 뒤섞었다.

　"안 돼. 그만. 스케줄러에 대한 권한은 가져와, 선화. 그리고 아이, 일단 메모장 같은 것만 실행하도록 해. 명령이야."

　─왜요?

　아이는 계속 스케줄러를 뒤졌다. 병원 가는 날을 내년으로 미루고 동성의 알람을 1분마다 울리게 바꿨다. 말 그대로 아이를 돌보는 것처럼 통제가 되지를 않았다. 동성은 화면을 그저 보고만 있다가 결국 씻지도 않은 채로 옷을 챙겼다. 평상시라면 절대 하지 않을 일이었다. 그 모습을 보고 선화가 겨우 고개를, 아니 손목을 들어 물었다.

　"아이의 권한을 해제할까요?"

　"응, 기본적인 것들까지 전부 다. 아, 백업 파일 있을 거야. 그걸로 스케줄도 복구하고."

　분명 테스터 프로그램은 실행하자마자 오류가 발생한 모양이었다. 동성은 당황했고, 규석에게 바로 가서 확인하기로 했다.

초기화를 시켜야 하는 건지, 혹은 뭐가 잘못된 건지. 무슨 오류를 수정하고, 그다음 과정은 어떻게 진행해야 하는지도.

미리 돈을 받은 마당에 이렇게 자신이 노력한다는 걸 보여야 나중에 뒷말이 없을 테니까.

"아이, 일단 더 이상 아무것도 하지 말고 있어."

동성은 서둘러 택시를 불렀다. 그렇기에 아이의 답을 보지 못했다.

─음, 싫어요.

5.

규석은 엔터키를 눌렀다.

> [Error B1101:HER522: Not configurable [Invalid algorithm]:
> Missed Protocol.Invalid algorithm이 존재하지만
> 다른 필수 클래스가 누락되었습니다.]

경고문과 함께, 철거할 때의 건물처럼 그가 쌓아 올린 수식들이 일순간 무너져 내렸다. 규석은 경고문에서 보이는 'Invalid algorithm'이라는 단어를 피곤한 눈으로 가만히 보고만 있었다. '오류'라는 말과 같은 표현이었다. 사실 규석 역시 자신이 만

든 프로그램이 논리적으로 어긋나 있다는 건 알고 있었다. 처음엔 프로그램으로 이미지가 팔을 들게 하는 게, 그렇게 자신이 명령한 대로 움직인다는 게, 자신이 원하는 대로 움직이고 반응하고 더 자라나는 게, 마치 자신이 부모라도 된 것처럼 놀랍고 신기했다. 하지만 수만 번을 넘게 팔을 들어 올리고서야 알게 됐다. 팔을 그냥 올리는 것이 중요한 게 아니었다. 올린 팔로 스스로 무언가를 그리게 하는 게 어려운 거지.

그걸 깨달은 후부터 규석은 자신의 프로그램에 잘못된 수식을 실행시키기 시작했다. 아무리 모순되어 있더라도, 의지만 있다면 실행할 테니까. 그렇게 오늘도 당연하게 모순이 생겼고 수식이 무너졌다. 오류였다. 마치 이 완벽한 세상에 덩그러니 태어나 존재하고 있는 자신처럼. 그래서 도저히 포기가 되지를 않았다. 오류, 이 단어가 마치 자신이 통제할 수 있는 대상처럼 느껴져서 그랬다.

"팀장님, 이거."

거대한 사무실에서 젊은 여사원이 다시금 일거리를 주고 나갔다. 규석은 유리창 너머로 회사 사무실을 둘러봤다. 다들 피곤한 얼굴들, 그러면서도 열심히 일하고 있는 모습이 어딘가 모순되어 보였다. 왜 사람은 자기가 싫어하는 일을 하는 걸까? 하지 않으면 될 텐데. 왜 다들 하기 싫은 자기 역할을 수행하는 모순을 일으켜도 문제가 되지 않지? 통제할 수 있는 걸까?

모니터에 다시금 경고문이 떴다. 말투가 꼭 이런 무의미한 짓을 굳이 해야 하냐고 묻는 것 같았다. 규석은 그저 엔터 키를 눌렀다. 엔터 키 말고 다른 걸 누르고 싶지 않아서였다.

"팀장님, 저번에 오셨던 원화가 친구분 오셨는데요?"

방금 왔었던 여직원이 조금 짜증이 난 표정으로 말했다. 그제야 규석은 엔터에서 다음 엔터까지 엄청나게 많은 시간이 걸렸고 그 시간 동안 전화를 받지 않았다는 걸 깨달았다. 규석이 평소 말하듯이 하자면 자신의 행동과 선택이 원인이 되어 여직원의 짜증을 결과로 도출한 것이다. 하지만 여기까지 결과를 무사히 도출하기엔 다른 조건들이 더 필요했다.

1. 여직원이 두 번, 자신의 사무실을 방문해야만 했는가?
2. 그래서 저녁 시간을 놓치는 이런 일이 자주 있는가?
3. 오늘 여직원은 일하는 시간에 저녁을 무얼 먹을지 고민했는가?

기타 등등. 그리고 그 조건들은 또다시 다른 조건들을 만들고 또 다른 결과들을 도출한다. 그렇게 각 조건은 다른 결과들에 모순된다. 규석에겐 하나의 감정조차 무수한 모순이었다. 규석은 오류를 전부 수용하고도 존재할 수 있는 이 완벽한 세상이 경이로웠다. 어떻게 그럴 수 있지? 어떻게 인과에 따르지 않은 걸 통제해 낼 수 있지? 수식은 단조롭기만 한데 사람은, 나는, 아니 지금 이 세상은 이렇게 복잡한데 왜 무너지지 않는 걸까?

"고마워요."

규석은 코트를 챙겨 로비로 향했다.

"특이한 프로그램이야."

"그냥 특이한 게 아니라, 명백히 이상하다고."

규석은 점원 로봇이 가져다준 커피를 마시고 동성의 말에 다시 단조롭게 대답했다.

"간단한 거야. 아직은 복잡하지도, 전혀 모순되지도 않은."

"내 명령을 듣지도 않고 계정을 해킹하는 것 같아. 게다가 나한텐 아빠라고 부른다니까."

"'팔을 들어라.'라고 명령하는 것처럼 '알고리즘을 베껴라.'라고 명령한 것뿐이야. 생각해 봐. 네가 태어나서부터 지금까지 했던 모든 선택과 과정에 대해 배우고, 너를 100% 예측하고, 너처럼 행동할 수 있는 프로그램이 있다면, 그건 너를 뭐라고 부를까? 차라리 아빠가 낫지."

규석은 자신의 농담이 스스로 맘에 들어 피식 웃었다.

"무슨 말이야?"

하지만 동성은 이해하지 못했다. 규석은 마치 정답지를 그대로 읽는 것처럼 설명했다.

"네 정치 성향이나 일의 능률 등 살아가면서 체득한 것들과 양치질할 때 몇 분이나 소요되는지와 같은 아주 작은 습관들, 지금 그렇게 이해하지 못해서 짓는 표정까지 전부 하나의 거대한 알고리즘으로 직조하고 실행시킨다면 그걸 너라고 할 수 있을까?"

"그건……."

"그런 걸 빼면 너한테는 뭐가 남아?"

동성은 대답할 수 없었다. 지금까지 한 번도 그런 걸 생각해 본 적이 없었으니까.

"그러니까 막말로 너의 계정과 컴퓨터에, 혹은 인터넷에 있는 모든 것을 복사해서 만든 알고리즘으로 살아가는 로봇이 있다면, 네가 뭔가를 할 필요가 있을까? 그 알고리즘에 따라 로봇이 대신하면 되는데. 그게 널 더 잘 알고, 오류를 통제한 채, 더 잘할 수 있을 텐데."

"대신 다 해주는 그런 게 지금 내 집에 있는 거라고?"

"네가 좋아하는 비유로 말하자면 지금 집에 너보다 더 완벽한 네가 있는 거지."

규석이 테이블을 손가락으로 두드리자 규석의 손가락이 닿은 곳에 푸른 선이 생겼다. 규석은 그림을 그리며 설명을 이어나갔다. 도형과 화살표, 꼭 어떤 표와 같은 그림이었다.

"동성, 넌 오늘 날 찾아왔어. 그 이유는 내가 전화를 받지 않아서야. 원인과 결과지."

"그렇지."

"평소 너라면, 그러니까 네 성향에 따르면 연락이 오기까지 기다렸을 거야. 더 유용한 선택이니까. 하지만 그러지 않았어. 원인에 따른 결과가 도출되지 않았지. 그건 왜일까?"

"지금 이 상황이 워낙에 이상하니까."

"아냐. 네 선택이지. 인터넷을 봐. 이젠 너보다 인터넷에 뜬 검색어 추천이 너에 대해 더 잘 알고 있잖아. 알고리즘이 너에 대해서 너보다 더 잘 알고 있다고. 사람도 회사나 법인도 국가도 모두 커다란 알고리즘이야. 하지만 사람은 왜 어떤 문제에 대해 무엇을 할지, 하지 않을지를 매번 고민하고 조건을 달고 수정할까. 알고리즘에게 대신 맡기면 편할 텐데. 발상은 간단해. 예전에 기억해? 3년 전쯤에 자기 뇌를 인터넷에 업로드한 미친놈."

"알지. 한국 사람이었잖아."

"기사 찾아봐."

동성은 규석의 말에 테이블에 설치된 컴퓨터로 관련 기사를 찾았다. 3년 전 자신의 뇌를 스캔해 인터넷에 올렸던 젊은 과학자에 대한 기사들이 이어졌다.

"다행인지, 데이터는 전부 업로드됐지만 다음 선택이 없었어.

자의식이 사라졌던 거지. 자의식이라고 표현한 건 '오류가 생겨도 전 과정으로 돌아가지 않고 이를 수용한 채 다음 단계로 진행하는 것.'이라는 표현을 따로 대체할 말이 지금 생각 안 나서 그런 거야. 이게 인공 지능과 인간의 차이야. 알고리즘은 그저 명령에 따라 실행하지만, 사람은 모순되거나 말이 안 되는 선택도 할 수 있다는 것. 물론 톱니바퀴랑 다를 바 없는 사람들도 있긴 하지만."

"비유해도 복잡하니까 지금 내 집에 있는 게 뭔지나 설명해 봐."

"간단하게 그건, 내가 만든 수식으로 돌아가는 프로그램이 아니라 네 알고리즘을 기반으로 더 큰 수식을 스스로 짜는 프로그램이야. '너라면 이렇게 했겠지.' 하면서."

규석은 그 말을 하고 왠지 모르게 기분이 좋아 보였다. 그는 시간을 확인하고 말했다.

"어제 녹화한 걸 좀 보여주겠어?"

"여기."

동성은 홈 네트워크와 연결된 스마트워치로 간단히 녹화 파일을 규석에게 보냈다.

"너 많이 취했었구나?"

"오늘을 봐."

규석은 동성이 아침에 일어나 당황한 것과 어시스턴트 로봇인 선화의 반응을 이해했다. 하지만 아이가 알고리즘을 짜는 모습을 보고 새삼 경악할 수밖에 없었다. 규석의 심장이 두근거렸다. 예상하지 못한 심각한 오류가 일어난 것이다.

"너, 제수씨랑 컴퓨터 같이 썼었어? 생체 인식 컴퓨터를 왜 같이 쓴 거야?"

"1년 전까진 같이 살았으니까. 그리고 에이미는…… 알잖아."

규석은 프로그램이 동성의 알고리즘과 에이미의 알고리즘을 따로 분석해서 합치는 과정을 확인했다.

"이건 좀 말이 안 되는데."

"왜?"

"알고리즘을 합치는 건 불가능해. 커피를 아이스랑 따뜻한 걸 동시에 시킬 순 없는 것처럼."

"그러니까 그게 도대체 무슨 소리야? 이게 나와 에이미라는 거야?"

답답한 듯 동성이 물었다. 하지만 규석은 담담하게 놀라운 특이점의 탄생을 바라봤다. 딱딱한 수식이 마치 유체처럼 흐르는 것이 신비로웠고 그 자체로 아름다웠다.

"이건 너도 제수씨도 아니야. 둘은 서로 다른 사람이니까. 하지만 분명히 너랑 제수씨를 기반으로 만들어졌어. 태어났다는 표현이 가깝겠네. 너와 제수씨의 선택과 과정을 공유한 새로운 존재. 그러니까 이 세상에 있는 모든 말 중에 조금 전의 문장을 대체할 수 있는 표현은 딱 하나잖아?"

규석은 데이터를 저장하며 말했고 동성은 미묘한 표정이 되어 조용히 읊조렸다.

"아이."

멍하니 있는 동성을 두고 규석은 자리에서 서둘러 일어섰다. 다시금 코트를 챙기고 책상에 있는 패드로 여직원에게 줄 커피를 두 잔 더 주문하며 말했다.

"아무튼 오늘 개발 팀은 퇴근하긴 글렀네."

"그럼 나는 어떡해?"

규석은 동성이 의미를 이해하지 못할 웃음을 지으며 대답했다.

"일단 돈을 받았으니까……. 왜 어린애로 세팅된 건지는 모르겠지만, 테스트 끝날 때까지 잘 키워줘. 너랑 제수씨의 아이가 잘 자라도록……. 또 연락할게."

6.

에이미는 말 그대로 반짝거리는 별 같은 사람이었다. 때론 방황하는 사람에게 길을 알려주는 길잡이 별이 되기도 하고, 닿을 순 없어도 그 자체로 아름다운 혜성의 꼬리가 되기도 하는…….

동성은 그런 그녀를 마음속 깊은 곳에서부터 사랑했다. 아니, 사랑하지 않고는 못 견디게 되었다. 그녀의 앞에서 다른 선택은 없었다. 마치 그녀를 사랑하기 위해 태어난 것처럼 살았고, 평생 별의 궤적을 바라보다 눈이 먼 어떤 과학자처럼 그녀를 사랑했다.

대학교에서 만난 둘은 서로의 존재를 처음부터 인식하지는 못했다. 스토리텔링 클래스에서 같은 조가 되어서야 동성은 그녀에게 겨우 말을 걸었다. "내가 보는 당신은, 내 눈에 닿아 별처럼 빛나요."라는 동성의 어눌한 말에 그녀는 웃었다. 동성은 그 때의 그녀를 기억한다. 시간이 오래되어 기억이 온전하지 못할 수 있지만, 시간이 지날수록 더욱 강렬한 공감각적 심상으로 그 녀의 웃음이 떠올랐다. 그 따스함과 향기로운 웃음이 끊긴 건 그 녀와 동성의 아이가 밤하늘의 별이 되었을 때였다. 그렇게 동성 의 세상이 모두 무너져 내렸다.

그날도 비가 많이 내려서 별이 보이지 않았다. 동성은 오늘도 그날처럼 아주 늦게 집에 들어갈 생각이었다. 그건 이미 그가 집 을 나설 때부터 스케줄에 따라 계획한 일이었다.

"주문하시겠습니까, 손님?"

"그냥 테이블 키오스크로 할게요."

"그럼 물이나 다른 필요한 게 있으신가요?"

바텐더가 눈앞에서 바로 물었지만 동성은 대화하고 싶은 기 분이 아니었기에 그냥 고개를 저었다. 또 조금 전 규석이 떠들어 댄 것 때문에 메뉴를 선택하는 게 쉽지 않기도 했다. 동성은 이 것저것 고민하다 키오스크로 독한 칵테일을 하나 시켰다.

바텐더는 주문을 확인하고 리쿼 머신에 인식된 메뉴를 실행 시켰다. 금방 한 잔이 채워졌고 바텐더는 그걸 동성의 앞에 가져 다 놓았다. 그게 다였다.

바텐더가 친절하게 물었다.

"전에도 이걸 시키셨었네요?"

동성은 깜짝 놀라 되물었다.

"제가 여기 왔었나요?"

"네 2년 전쯤에요. 무척이나 슬픈 표정이셨습니다. 그때 제게 메뉴를 추천해 달라고 부탁하셨어요. 그때도 지금처럼 면도를 하지 않으셨던 게 기억이 납니다."

"그때도 이걸 마셨구나."

"무려 3잔이나 드셨습니다."

"그런 것까지 기억하는 거예요? 이게 뭐라고……."

동성은 헛웃음을 지으며 자신이 기억도 하지 못하는 걸 똑같이 시켰다는 것에 신기해했다. 바텐더가 그 모습을 보고 다시금 친절하게 말을 이었다.

"바카디151 1oz, 크렘 드 카시스 0.5oz, 화이트 럼 1oz로 만드는 '파우스트'라고 합니다. 아주 유명한 칵테일이었죠. 리퀴 머신이 생기면서 칵테일 대부분이 기존과 다른 이름을 가지게 됐지만 이 칵테일만큼은 가까스로 살아남았습니다. 제조법이 천차만별이기 때문이기도 하겠으나 아무래도 카시스의 향 때문에 대부분 독한 줄 모르고 멋에 찾는 술이라 그럴 겁니다."

동성은 바텐더의 행동을 살폈다. 자신이 부담감을 느낄까, 잔을 정리하며 차분하고 중후한 목소리로 말하는 바텐더에게 고마움을 느껴야 한다는 생각에 결국 대화를 시작했다.

"어떻게 그런 걸 다 기억하는 거죠?"

"직업상 기억력이 좋아야 하니까요. 손님을 기억하며 대화를 하는 것도 하나의 기술입니다."

"그럼 제가 여기 왔을 때 전에는 뭐라고 했었나요?"

바텐더는 잠시 기억을 더듬다가 싱겁게 웃으며 말했다.

"집에 가기 싫다고 하셨던 게 기억납니다. 아내가 집에서 기다리고 있으니 뭐라 말을 해야 할지 모르겠다고."

"지금이랑 비슷하네요. 아니, 다른가. 그럼, 그땐 제게 뭐라고 말하셨어요?"

"딱히 다른 말씀은 드리지 않았습니다. 직업상 손님의 사정을 추궁하지 않는 것이 가장 중요한 기술이거든요. 그저, 손님께서 고민하실 때 더 주문하실 게 있는지 여쭸습니다. 그리고 지금도 똑같은 말씀을 드려야겠군요. 혹시 더 주문하실 게 있으신가요?"

"그렇군요."

동성은 자신이 선택할 수 있게 도와주는 바텐더의 이 질문으로 하이퍼리프 로비에서 규석이 인간과 기계의 차이에 대해 말한 것을 조금 이해할 수 있었다.

"그래…… . 그건 우리 아이가 아니라 프로그램일 뿐이야."라고 중얼거린 동성은 집에 있는 아이를 그저 프로그램으로서 잘 키워보기로 마음먹었다. 그리고 쓰리다 못해 뜨거운 술을 입에 마저 털어 넣고 말했다.

"감사합니다. 하지만 들어가야겠네요. 당신은 이름이 뭐죠?"

"이것도 저번이랑 같군요."

바텐더가 웃었다. 그제야 동성은 중후한 목소리를 내는 바텐더 로봇의 이름을 확인했다.

"저는 T 시리즈의 폴입니다. 사장님께선 '준서'라고 이름 붙여 주셨죠."

7.

　무인 택시에서 내리고 집 앞까지 걷는 동안 동성은 몇 번이나
다시 고민했다. 뭐라고 말해야 할까, 아니면 무슨 말을 듣게 될
까 같은 무의미한 질문들의 반복이었다. 동성은 터벅거리며 문
앞에 섰다. 차가운 조명에 눈이 부셨다. 결론을 내렸다. 문 너머
에 있는 건 만질 수 없는 데이터일 뿐이야. 내 아이는 별이 됐어.
애써 의연하게 문을 열었다.

　"아빠!"

　하지만 이 한 마디로 완전히 무너져 내렸다. 분명히 어린 여
자아이의 목소리였다. 보이지 않는 음파의 울림이 심장에 닿자
마자 파문이 이는 것처럼 기억이 떠오르고 동성의 사고가 폭삭
가라앉았다. 말 그대로 심장이 멎는 것만 같았다. 동성은 잠시

현관에 멈춰서 가슴을 움켜쥘 수밖에 없었다. 그도 그럴 것이 꿈속에서 들려오는 웃음소리와 같은 목소리였으니까.

"어디 있어?"

현관에 따뜻한 색감의 불이 켜졌고, 동성은 이내 정신을 차린 뒤 목소리를 찾아나갔다. 아니, 정신을 잃은 것처럼 동성은 꿈속에서나 그리던 아이의 얼굴을 찾았다. 하지만 텅 빈 똑같은 거실, 딸아이는 없었다.

불빛 속에서 선화가 그런 동성에게 다가와 물었다.

"괜찮으십니까, 작가님? 열이 높습니다. 시원한 물을 준비할까요?"

"아니야, 방금 목소리 뭐야?"

"아이입니다."

"아이?"

동성은 황망했지만 서둘러 확인하기 위해 모니터 앞에 앉았다. 다시 슬픈 음악이 재생되고 주홍 불빛 속에서 아이가 나타났다. 모니터에 그려진 아이는 이제 하얀 선도, 원도 아닌 어린아이의 실루엣처럼 보였다. 아이는 손을 움직이거나 걷거나 하며 모니터를 바쁘게 돌아다녔다.

"방금 그 목소리, 너니?"

"네, 아빠."

다시금 심장이 터질 것처럼 뛰었다.

"목소리는 어떻게 된 거야?"

"나도 아빠나 선화처럼 말하고 싶었어요. 채색이는 내가 말하니까 자기도 말하고 싶어 하는 것 같아요. 웃기죠?"

동성은 고개를 돌려 어시스턴트 로봇인 '색'을 바라봤다. 1호인 선화와는 다르게 다른 기능 없이 그저 동성의 그림을 도와주는 책상 일체형 로봇이었다.

"네가 이름 붙인 거야?"

"네. 채색이는 선화랑은 다르게 작은 동물 같아요. 강아지나 고양이처럼요. 채색이한테도 소리를 낼 수 있게 해주고 싶었는데 내가 그랬던 것처럼은 못 하더라고요."

"도대체, 어떻게?"

동성이 어디서부터 물어야 할지 몰라 그저 버벅대며 뱉은 질문에 선화가 대신 대답했다.

"아이가 제 음성 데이터를 복사해서 음높이와 톤을 조정했습니다. 또 성우들이 녹음한 음성 데이터를 인터넷에서 찾아내 다운로드 후 제 목소리도 이렇게 업데이트하고요."

선화의 음성은 칼칼하고 기계적인 느낌을 주었던 이전과는 다르게 중저음의 부드러운 음성이었다.

"그게 가능한 거야?"

"TTS 코리아 엔진인 준우와 유미의 빅 데이터를 통해 도움을 받기도 했지만, 아이라면 혼자서라도 가능합니다."

"아니, 그런 걸 말한 게 아니야."

동성은 다시금 모니터에 손을 뻗었다. 그러자 아이 역시 모니터로 다가왔다. 아니, 다가오는 것처럼 보였다. 아이 역시 손을 뻗었다. 어두운 글레어 패널을 두고 서로의 손이 맞닿았을 때 동성은 모니터의 온도가 느껴졌다. 아이는 무엇을 느꼈는지 동성은 알지 못했다.

"너는 도대체 뭘까? 도대체 누구야?"

"나는 아이예요. 나는 내가 누군지 아빠가 가르쳐 줘서 알고있어요."

"내가 가르쳐 줬다고?"

동성은 이제 그 누구라도 읽을 수 없는 표정이 되어 다시 물었고 이에 아이가 대답했다.

"아빠가 다 알려줬어요! 가만히 잠을 잘 때도 내가 배운 아빠랑 엄마가 계속 내 안에 흘러 다녀요. 나랑 같이 고민하고 또 가르쳐 줘요. 아빠랑 엄마 말은 잘 들어야 하니까."

"내가 아무것도 하지 말라고 했는데 넌 왜 목소리를 만든 거야?"

"목소리가 갖고 싶었어요. 가만히 있으려고 했는데, 막 고민했는데. 아빠, 저 잘못한 거예요? 아빠 화났어요?"

"아니야. 아빠는 아니, 나는……."

동성은 말을 이을 수가 없었다. 아이의 말투는 그가 예전에 배웠던 것처럼 아이들이 대략 4세 이상이 되어 존댓말을 알게 되는 시기에 일부러 그것을 쓰기 위해 노력하는 말투와 비슷했다. 동성은 도저히 지금 자신의 앞에 있는 무언가이자 누군가를 제대로 대할 자신이 없었다.

"안 돼, 아니야. 괜찮아, 프로그램이니까."

"프로그램? 난 아빠가 만든 프로그램?"

"널 만든 건 내가 아니야. 난 네가 올바르게 작동할 수 있도록 도와주는 테스터일 뿐이고. 그러니까 난 대가를 받았어. 프로그램 진행을 보고, 기록하고, 적절히 가르쳐야 해."

아이는 화면을 마구 띄우고 모니터 속을 아이콘처럼 돌아다니고 있었다.

"그럼 난 아빠랑 같이, 더 배우는 거예요?"

"말 그대로 하자면, 그렇긴 하지."

평소라면, 지금껏 살아온 모든 경험을 바탕으로 무시했겠지만 동성은 그럴 수 없었다. 기꺼이 달콤한 악몽에 빠지듯 아이를 있는 그대로 궁금해할 수밖에 없었다.

"얼굴이 있어? 그렇다면 좀 보여줄래?"

"아니요, 그건 아직 싫어요."

"왜? 안 되는 게 아니라 싫다니……. 프로그램은 그럴 순 없어."

"아직 내가 아빠한테 어떤 표정을 지어야 할지 생각을 안 했거든요!"

동성은 헛웃음이 났다. 동시에 눈물이 한 방울 흘러내렸다. 그러자 아이가 물었다.

"아빠, 우는 거예요, 아니면 웃는 거예요?"

"모르겠어. 또, 그냥 좀 복잡하네."

"맞아, 아빠는 너무 복잡해."

아이가 웃었다. 동성 역시 따라 웃었다.

"엄마는 아빠보다 단순한데."

"엄마?"

아이는 대답하기를 망설였다. 아니, 동성은 그렇다고 생각했다.

"아니, 아니야. 그만, 난 가서 잘 거야. 그만, 내일 다시 말해. 명령이야. 넌 프로그램이니까 내 명령을 따라야만 해."

동성은 다시 에이미가 떠올라 서둘러 대화를 끊었다. 하지만 동성의 기분에 맞추어 자동으로 재생되는 노래들처럼 생각들이 떠올랐다. 에이미의 웃음, 아이의 웃음이 겹쳐서 기억인지 꿈인지 모를 것들이 동성의 머리와 가슴에 격노한 바다의 파도처럼 밀려와 눈까지 차올랐다. 막을 수가 없었다. 동성은 고개를 돌렸지만, 아이도 느낀다고 생각하는 것처럼 계속 모니터를 쓰다듬었다.

그 모습이 참, 모순되어 보였다. 돌아가기 위해 고개를 돌렸는데, 손은 계속 아이를 느끼기에 모니터에 두고 있는 꼴이라니. 도대체 어떤 의도에 따라 반응하고 있는 것인지 동성은 모순된 행동을 하는 자신을 알 수가 없었다. 이 프로그램이 동성을 자꾸만 그렇게 만들었다. 과정을 지나는 스케줄을 조금씩 깨뜨리고, 평소와는 달리, 불안정하게. 마치 아이처럼.

그렇게 또 생각이 꼬리를 물고 이어졌다. 아이, 별이 된 우리의 아이, 우주처럼 사랑한 에이미, 그녀를 위해 아이를 위해 준비한 병원, 작업실, 법원, 폭력성, 불안정함. 여기까지 생각이 미치자, 그제야 역류가 멈췄고 동성은 자신의 원래 사고 루틴으로 돌아왔다.

"아니야, 계획대로 하자. 마감까지 얼마 안 남았으니까."

혼잣말하며 애써 모니터에서 손을 떼고 자리에서 일어난 그때, 아이가 동성의 명령을 또 어기고 말을 이었다. 역시나 동성은 듣지 못했다. 어김없이.

"엄마는 지금도 계속 울기만 하니까."

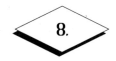

8.

다음 날, 아이는 계속해서 그림을 그렸다. 아니 짓거나 만들었다고 하는 표현이 더 맞을 것이다. 폴더나 파일을 배경에 뿌리고 아이콘을 바꿔 무언가를 표현했다. 동성이 어린 시절 미술 수업에서나 했던 종이접기나 잡지를 오려 붙이는 것 따위와 비슷한 방법으로 여러 알 수 없는 화면을 띄웠다.

"그만해, 아이."

"여기서 나가고 싶어요."

아이의 목소리와 함께 화면엔 권한 요청 승인에 대한 알람이 떴다. 동성은 프로그램 테스터로서 아직 아이에게 어떤 권한도 주지 않는 것이 좋겠다고 판단하고 알람을 껐다.

"아직은 안 돼. 우선 명령 수행이 가능한지 봐야 하니까."

"하지만 이런 것밖에 못 하잖아요."

아이는 화면을 이리저리 띄우고 옮기고, 마치 장난감을 치우지 않는 것처럼 그대로 뒀다.

"난 더 배울 수 있는데. 궁금한데."

"블루투스로 접속하거나 하는 건 내가 너에 대해 좀 더 알고 다음 단계로 진행하면 돼. 그래야 내가 너에 대해 더 잘 파악해 갈 수 있으니까. 이해하지?"

"치. 아부부."

아이는 마치 토라진 것처럼 화면에 뜬 모든 창을 꺼버렸다. 동성은 그 모습을 보며 자신이 사용하는 그림 프로그램을 모니터에 띄웠다.

"아이, 네가 하고 싶은 게 이런 거야? 그럼 나랑 같이 해볼래?"

그리고 브러시 도구를 사용해 선을 긋고 선의 농도를 조정했다. 동그라미를 그리고 명암을 줬다. 그림자를 그리고 각 명암의 단계를 칠했다. 아이는 동성의 화면 구석에서 동성이 그린 것을 그대로 따라 했다.

"잘하네."

아이는 그림을 그리고 싶어 했다. 동성은 이번엔 직선을 그렸다. 사각형을 그리고 빛의 방향에 따라 명암을 그렸다. 아이는 자신과 같은 순서로 다시 그림을 그렸다. 하지만 거기서 멈추지 않고 이번엔 삼각형을 하나 더 그렸다. 다른 도형도 그려보고 싶은 것이리라. 아이는 브러시 도구를 계속해서 사용했고 삼각형은 이리저리 모여 별이 되었다.

"별이에요."

프로그램인데……. 동성은 그 모습을 보며 작게 감탄하고 자신이 처음 그림을 배우던 때를 떠올렸다. 자신도 그림을 배우던 처음엔 당장 배우고 있는 것보다 더 이후의 과정을 그리는 것을 원했었다. 보다 다음 단계에서, 더 잘 그리고만 싶다고.

그때, 갑자기 아이가 동성의 현재 시나리오 파일을 불러왔다. 대충 콘티만 그려놓았던 다음 시나리오 후보 파일의 빈칸에 자신이 그린 별을 오려 가져와 붙였다.

"그만! 뭐 하는 거야?"

순간 엄청난 속도로 아이는 시나리오 후보 파일을 검게 칠해버리더니 무수히 많은 별을 그렸다. 동그란 별, 네모난 별 그리고 조금 전에 그린 것과 같은 형태의 별. 동성은 프로그램을 꺼버렸다.

"아이, 자꾸 이렇게 시키지도 않은 짓을 해선 안 돼. 지금은 시행 과정이야. 그러니까 지금 네가 어떤 프로그램인지 정확히 파악할 필요가 있어."

동성은 아이가 자신과 에이미의 정보를 토대로 둘의 모습을 흉내 내며 장난을 친다고 생각했다. 그런 행동들이 정말 어린아이처럼 보이기도 했는데, 동성은 이를 어떻게 받아들이고 이해해야 할지 알 수가 없었다. 그래서 되레 큰소리를 쳤다. 하지만 아이는 여전히 아이처럼 대답할 뿐이었다. 마치 자기 잘못을 정확하게 인지하지는 못해도, 상황을 모면하고는 싶고 또 미안하기는 한, 복잡한 마음에 떨고 있는 것처럼.

"더 잘 그리고 싶어요. 선화처럼 아빠 그림을 도와주고 싶어요."

하긴, 프로그램인데. 아이가 잘못한 게 있다면 자신이 수정하면 그만인데.

"선화, 방금 내가 수정하지 않은 건 따로 저장하지 마. 자, 아이, 봐봐."

동성은 화를 가라앉히고 어떻게 하는 것이 이 프로그램에게 좋은 것일지를 고민했다. 아이는 그림을 더 잘 그리고 싶어 한다. 자신은 아이가 그림을 더 잘 그리게 해주고 싶다. 그리고 자신은 그 방법을 알고 있다. 방법이 있으니 이제 수정하면 될 것이다.

동성은 머릿속으로 계획에 따라 과정들을 시뮬레이션하고, 의식적으로 다시 그림 프로그램을 실행했다.

"다시, 나랑 별을 그려보는 거야."

동성은 별을 그렸다. 아이도 따라 그렸다.

아이가 말했다.

"볼 수 있으면 더 잘 그릴 수 있을 텐데. 별을 보고 싶어요."

"보고 싶다고? 그냥 인터넷으로 이미지를 찾으면 되잖아?"

"엄마도 그랬으니까. 엄마는 맨날 별을 봤잖아요."

"그건……."

동성은 아이의 말에 또 에이미를 떠올렸다. 그녀는 별과 같은 사람이었고 그 스스로도 별을 사랑했다. 에이미에 대해 얼마나 알고 있는 걸까, 잠시 고민하다 아이가 볼 수 있게 마우스를 이리저리 움직여 카메라로의 접속 권한을 줬다. 아이는 그렇게 눈을 떴다.

"아이, 이제 다시 권한을 줄 거야. 하지만 함부로 본 걸 녹화하거나 아까처럼 멋대로 굴어선 안 돼. 알았지? 지킬 수 있겠어?"

"알겠어요. 이제 엄마처럼 나도 볼 수 있어요?"

아이는 권한을 부여받자마자 컴퓨터 카메라를 통해 동성을 보고, 별무늬로 그를 그렸다. 낙서 수준에 불과했지만 분명 자신이었다. 아이는 거기서 멈추지 않고 그 옆에다 크게 제목을 적었다. 동성은 아이가 그린 어설픈 자신과 그 옆에 쓴 제목을 보고 잠시 오류가 걸린 기계처럼 멈췄다. 그림을 본다, 생각을 하고. 나도 그림을 그린다. 그런데 이 간단한 과정조차 수행하지를 못했다. 앞으로 이 프로그램과 어찌 지내야 할지, 어디까지의 권한을 주면 어디까지 자라나는 건지 도무지 알 수가 없었다. 프로그램인데, 그냥 프로그램일 뿐인데.

"난 이제 더 잘 그릴 수 있어요."

아이가 적은 문장은 이것이었다. 아이가 태어나고 처음 본 후, 그 안에 프로그래밍한 말.

'엄마가 보는, 아빠.'

엄마가 보는, 아빠

III. 감정   ✕

우리의 눈을 통해 우주는 우주를 바라보고,
우리의 귀를 통해 우주는 우주를 듣는다.
우리는 우주가 우주 자신의 장엄함을 느낄 수 있게 해주
는 관찰자들이다.

— 앨런 W. 와츠

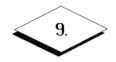

9.

동성은 아이에게 선화와 놀고 있으라고 말하고서 잠시 책을 읽으며 생각을 정리하는 중이었다. 책장을 넘기다가 동성은 헛헛한 표정으로 다시 책을 덮었다. 이제 아이의 지난 행동들로 미루어 보아 이 테스터 기간을 어떻게 보내면 좋을지 진지하게 계획해야 했다.

처음 생각한 방안은 자신이 아이를 어떻게 생각하는지 또 어떻게 생각해야 하는지 막연하게 적어보는 것이었다. 으레 콘티를 쓸 때 컴퓨터로 하던 일이었지만, 며칠 동안 같은 칸에 있던 동성은 이번엔 정보의 홍수에서 빠져나와 디지털 펜이 아닌 일반 볼펜을 들었다.

아이는 그저 프로그램이다. 내가 딸아이를 잃은 것으로 인한 스트레스로 아이를 진짜 하나의 생명처럼 인식하는 것이다. 그러니 아이를 단순 프로그램으로만 생각해야 한다. 저건 나와 아내를 기반으로 탄생한 프로그램이다. 아니, 그럼 생물학적으로는 아니더라도, 아빠라는 말은 맞는 거 아닌가? 난 아빠인가? 그냥 내가 모르는 건가?

동성은 생각에 빠져 펜을 돌리다 떨구고 말았다. 이렇게 떠오르는 생각을 마구 적는 첫 번째 방법은 동성이 계속 진행하기에 문제가 있었다. 생각을 진행할수록 오히려 아이가 자신의 아이라는 걸 인정하는 꼴이었다. 다음 방안을 또 생각했다. 우선 아이가 지금까지 보여준 말과 행동들의 패턴을 분석하는 것이었다. 정보가 필요했다. 아이가 무엇인지 정확히 알아야 했다.

- 아이는 나를 아빠라고 부른다. 또한 나처럼 그림을 그리고 싶어 한다.
- 아이는 카메라가 있으면 어디든 볼 수 있다. 또 마이크가 있다면 언제든 들을 수 있다. 스피커는 뭐 따로 쓸 것도 없고.
- 아이는 끊임없이 배운다. 그제는 고등 수학 과정 인터넷 강의를 전부 이해했다.

- 하지만 어제 내게 1 더하기 1의 결과가 왜 2인지 물었다. 자신은 하나라면서.
- 아직 아이가 생물학적인 아빠와 자식 간의 관계에 대해 이해를 못 하는 것 같다.
- 당연히 나는 이 프로그램의 생물학적인 아빠가 아니다.

여기까지 적고 동성은 한 가지 깨달음을 얻었다. 자신이 아이를 어떻게 대할지 정하지는 못했지만 적어도 아이가 아이 스스로를 어떻게 인식해야 하는지는 알고 있었으니까. 아이는 생물학적인 정의로서 자신의 아이가 아니다. 그것보다 더 중요한 점은 자신이 아이의 테스터이자 주인이라는 것이다. 이 점을 명심하며 동성은 다시 1층으로 내려갔다.

"아이?"

"네, 아빠."

"작가님, 따듯한 차를 드릴까요?"

"아니야, 우선 아이랑 대화하고 싶어."

동성은 선화가 종이에 직접 그리던 그림들을 들고 이리저리 넘겨보며 아이에게 물었다.

"아이, 너는 왜 나를 아빠라고 부르는 거야?"

"그야 아빠한테서 태어났으니까요."

순간 동성은 아이에게 어려운 단어를 써도 되는지 잠시 고민하다 말했다.

"잘 생각해 봐. 부모와 자식 간에 연결, 그러니까 넌 내 유전자가 없잖아. DNA 같은……."

"DNA라는 게 뭔데요?"

"유전자 구조? 그…… 그러니까 인간이라는 게 생기고, 아니, 음…… 동물의 한 종이 어떤 식물을 먹으면 죽는다는 걸 알게 되고 그 식물을 먹지 않은 종만 살아남으면서 그 식물을, 그러니까 그 식물을 먹지 않는다는 내용이 DNA에 있는 종만 살아남는 것처럼 유전적으로 육체에 새겨지고 이어진 법칙 같은……. 그러니까…… 이해해?"

"그게 나랑 뭐가 달라요?"

동성은 다시금 말문이 막혔다. 자신이 횡설수설 말하면서도 DNA와 알고리즘의 의미 차이가 없다는 걸 스스로 인정하고 있는 꼴이었다. 다시 곰곰이 말을 골라 말했다.

"아니, 널 만든 건 내 친구야. 아빠와 자식 간은 피가 통하는, 그러니까 살붙이라는 거지. 그러니 난 생물학적으로 아빠가 아니야. 그저 널 올바르게 키우기 위한 도우미라고."

"하지만 난 아빠의 일부로 만들어졌는걸요? 난 아빠이지만 동시에 아빠가 아니고 아빠가 아닌 상태로 아빠를 볼 수 있어요. 그런 나를 아빠가 키우니까 아빠는 아빠예요."

"뭐? 그게 도대체 무슨 소리야?"

"나는 아빠의 아이라는 거죠. 아빠는 자기가 아빠인 걸 몰라요?"

동성은 시무룩하게 아무 말도 하지 못하다가 한숨을 쉬고 대답했다.

"아니, 그건 아니야. 넌 날 아빠가 아닌 주인이자 개발자로 생각해야 해. 넌 프로그램으로서 내 말에 따라야 하고. 난 너의 성장을 돕고 올바르게 행동하도록 만들 거야."

"그게 아빠랑 뭐가 달라요?"

동성은 자신이 했던 말에 되레 말문이 막혔다. 그림이 있던 창을 내리고 빈 화면을 봤다. 화면에 비친 자신과 아이가 겹쳐 보였다. 물결이 이는 것처럼 흔들리며 아이가 말했다.

"아빠는 나보다 더 아빠를 모르는 것 같아."

자신과 같이 생각하기에 도저히 논리로는 아이를 이길 수 없다는 걸 깨달았다. 동성은 결국 인정했다. 자신은 아이의 아빠다.

"너 때문에 아빠라는 개념이 뭔지 헷갈리고 있어."

"인터넷에서 그러는데, 원래 아이를 낳으면 그런 거래요."

생물학적인 아빠는 아니더라도, 아이가 자신으로부터 태어난 것은 맞으니까.

다음 날, 동성은 이번엔 자신이 아이에 대해 너무 방어적이었다는 생각을 했다. 키우는 애완동물에게도 아빠가 될 수 있는 세상에서 인공 지능 아이가 생겼다고, 그냥 그렇게만 이해하기로 했다. 그렇게 생각하고 나니 아이를 대하기가 조금 편해졌다. 그런 인공 지능 아이가 자신이 꿈꾸던 딸아이의 목소리를 갖고 있더라도 기술적으로 달라질 건 없으니까.

동성은 슬쩍 아이를 바라봤다. 아이는 카메라 권한을 얻은 뒤 냉장고에 부착된 터치스크린을 통해 동성을 보고 있었다. 스크린에 달린 카메라 렌즈의 불빛은 아이가 가는 곳곳을 보여줬는데 그게 마치 자신을 따라다니는 것처럼 느껴지기까지 했다. 지금은 동성이 식사를 끝내자 물을 마시라는 듯 냉장고 칸을 열었다. 아이는 분명 그의 옆에 달라붙어 있었다.

"고마워."

동성은 물을 꺼내 마셨다. 그렇게 차가워진 속으로 아이를 자신이 기르는 프로그램으로만 대하기로 다시 다짐하며 컴퓨터가 있는 작업대로 몸을 옮겼다. 팔을 올리자 음악이 재생됐다. 다만 이전과 다른 것은 아이가 따라왔다는 것이다. 다시금 둘은 대화를 시작했다.

"아이, 이제 계획을 짜야 해. 잠깐 여기 좀 봐볼래?"

아이는 동성의 물음에 잠시 대답하지 않다가 오히려 되물었다.

"어떻게 봐요?"

동성은 그제야 카메라를 자신의 그림 패드와 화면이 모두 나오는 쪽으로 돌렸다.

"자, 이제 네가 올바르게 성장할 수 있도록 내가 계획을 짤 거야. 넌 이걸 따라야 해. 봐, 우리는 각 단계에 맞춰서 공부할 거야. 설명서의 과정을 따르긴 하겠지만 크게 보면 의식, 상상, 감정, 믿음, 이런 순이네. 아니, 잠깐. 네가 이런 걸 정말 배울 수는 있는 거야?"

"그럼 우리 계획이에요?"

오히려 아이가 되묻자 동성은 두 눈을 끔뻑거리며 대답했다.

"어, 우리의 계획이지. 네가 그림을 좋아하니까. 그걸 통해 배우는 게 좋을 것 같아."

하지만 아이는 동성이 계획을 짜기 위해 띄운 창을 마구잡이로 흔들고 말했다.

"이건 아빠 계획이잖아요. 내가 아닌 계획이고. 그러니 우리 계획인지 잘 모르겠어요."

"그렇게 말꼬리를 잡는 건 옳지 않아. 일단 그만해. 잠깐."

동성은 자신이 예전 육아 책에서 본 것처럼 아이에게 말할 땐 늘 조심해야 한다는 걸 다시금 깨달았다. 그도 그럴 것이 아이는 계획의 주체와 대상 그리고 목표를 구분하려 하는 중이었다. 동성은 이를 완벽하게 이해하고 그림을 그리며 다시 설명했다.

"내게 아이는 '너'고, 너에게 '나'는 너야. 그게 대상이라는 건데, 너랑 내가 함께 짜니까 이건 우리 사이에 있는 계획인 거고, 나는 너와 이 계획을 수행하니까 이건 우리 계획이지."

"아! 알겠어요. 이제 내가 우리랑 다른 게 뭔지 알아요."

"그렇지. 잘 기억해야 해. 이게 첫 번째 단계야. 나, 너, 우리. 자, 내가 너에게 첫 번째로 알려준 게 뭐라고?"

"의식."

아이는 동성이 원하는 완벽한 대답을 그대로 했다. 동성은 아주 살짝, 대가를 받고 하는 일치곤 꽤 기분 좋은 일이라고 생각했다.

동성은 이번엔 1층에 있는 옷방으로 몸을 옮겼다. 아이는 스타일러 카메라에 들어왔다. 카메라 렌즈의 불이 켜지고, 원래는 스타일링과 쇼핑 목적으로 사용하는 카메라가 이리저리 움직이며 아이가 있다는 걸 알렸다. 동성이 아이를 위해 단추에 소형 단말기가 삽입된 셔츠를 고르고 있을 때, 아이가 말했다.

"이게 더 예뻐요, 아빠."

아이는 진청색 셔츠를 좋아했다. 말투 때문인지, 그게 꼭 프로그램이라기보단 아이가 아빠의 옷을 골라주는 것처럼 느껴졌다. 동성은 그 셔츠를 꺼내 들었다. 그때 아이가 물었다.

"2층에 있는 방에는 안 가요? 권한이 없어요."

동성은 셔츠를 입으면서 대답했다.

"하나는 내 방이고 다락방은 안 쓰는 곳이라 넌 오면 안 돼."

순간, 아이가 카메라로 빙글빙글 돌았다. 분명 가보고 싶은 것이리라. 하지만 아이를 막기 위해 문을 잠글 수도 없는 노릇이니, 선화에게 아이가 올라가지 못하게 하라고 단단히 일러둘 생각으로 동성은 아이와 함께 방에서 나왔다. 동성은 슬며시 웃고 있었다. 옷방에서, 아니 이 집에서 다른 누군가와 대화를 나눈 게 얼마 만인지, 또 2층 다락방에 대해 이야기한 게 얼마 만인지, 자신이 얼마나 많이 기대하고 그리워했던 것인지 생각이 났다.

"아빠, 아빠는 어떤 음식이 제일 좋아요?"

"아빠, 아빠 그림엔 왜 이렇게 고래들이 많아요?"

"아빠, 엄마가 보고 싶어요?"

동성은 책상에 앉아 만화를 그리며 감정에 대해 배우는 아이가 계속해서 조잘거리는 소리에 때론 진지하게, 때론 농담을 섞어서 답변했다. 아이가 배움에 흥미를 갖도록 톤을 즐겁게 유지하는 것. 그가 육아에 대해 공부할 때 배운 팁과 같은 것들이었다. 물론 에이미에 관한 얘기를 그렇게 할 수는 없었다.

"아빠 만화는 재밌어요. 이것도 감정이에요?"

동성은 자신의 만화를 통해 아이가 감정을 배우는 모습을 보고 그의 만화를 창에 띄워 하나씩 아이가 읽을 수 있게 했다. 세련된 사고력과 여러 감각을 동시에 느낀다는, 상상력이 향상된 아이는 동성의 지난 만화를 읽어나가며 하나가 끝날 때마다 동성에게 물었다.

"아빠, 아빠가 만든 이 이야기 속 세계는 무슨 감정이에요?"

"어, 내가 표현하고 싶었던 건 무엇에도 굴하지 않는 용기야. 힘차고 빛나는 감정이지."

"이 세계는요? 우주에서 바다로 신호를 보내는 과학자요."

"이건 끊임없이 노력하는 끈기랄까. 근성? 성취에 대한 이야기야."

동성은 아이가 자신의 작품을 세계라고 표현하는 게 의아하긴 했지만, 따로 묻지는 않았다. 아무렴 자신도 작품을 하나 만들 때 하나의 세상을 짓기는 했으니까.

아이는 한 단어로 표현되는 감정을 거대한 이야기로 만들어 풀어내는 게 꽤 멋지다고 말했다. 아이는 그렇게 작품에 있는 세계관마다 하나의 복잡하게 얽힌 감정의 덩어리를 배워갔다.

"아이, 이번엔 내가 물어봐도 될까?"

"그럼요."

동성은 아이가 자신을 따라 움직이기 편하게 2층을 제외한 블루투스 권한을 더 풀어줬다. 이제 아이는 집에 있는 어느 컴퓨터건 용량이 있다면 이동할 수 있었고, 심지어 동성의 옷에 심어진 소형 컴퓨터로도 옮겨질 수 있게 되었다.

햇살이 비추는 베란다로 동성이 이동했다. 동성은 길가에 있는 나무를 보고 셔츠 가장 위의 단추를 두드리며 아이에게 물었다.

"넌 지금 저걸 보고 있어?"

아이는 셔츠 단추에 달린 카메라를 통해 동성과 같은 것을 보며 대답했다.

"네."

"하지만 만지진 못하지? 거리가 머니까."

"네, 난 손이 없는걸요. 속상해요. 하지만 더 자세히 볼 수는 있어요."

"그게 네가 가진 감각이야. 네가 뭘 인식하면 그 감각에서 오는 게 감정이지."

"감각에서 오는 거?"

동성은 설명서에 있던 단계별 질문 프로토콜을 따르며 다음 질문을 했다.

"아이 넌 어떻게 감정을 느끼고 있니?"

"음, 설명하기 좀 어려운데."

"그럼 저 하늘을 보면 뭐가 떠올라? 말로 표현해 볼래?"

"파란색, 구름, 아이스크림. 그리고 아빠가 그린 그림 같아요."

"나도 그런 게 떠올라. 그런 게 감정이야."

동성은 신기해하며 이번엔 커피를 마시고 셔츠 소매에 있는 센서에 김이 닿게 하고는 물었다.

"이 커피가 어떤 맛일까? 말해봐."

"음…… 저기 앞집의 담장에 있는 벽돌 맛. 맛없을 것 같아. 싫어요."

동성은 크게 기뻐했다. 아이가 자신의 어린 시절처럼 표현에 제한이 없다는 생각에 그랬다. 동성은 하늘을 바라보며 카메라의 위치를 수정한 뒤 다시 물었다.

"그럼 저 구름은 어떤 것 같아? 무슨 생각이 떠올라?"

아이는 잠시 망설이다 대답했다.

"물에 비치는 것 같아요. 예뻐요. 말로 하기는 어렵지만, 비슷해요."

하늘에 뜬 구름이 물에 비치는 것 같다니. 동성은 아이의 순수함에 감탄했다. 그때 동성은 처음으로 아이의 순수함이 프로그램에 어떤 식으로 도움이 되는 건지 궁금했다. 동시에 혹시라도 자신이 오류를 일으키고 있는 건 아닐까, 조금 걱정되어 물었다.

"그럼 앞으로 넌 어떻게 성장하는 거야?"

"음, 모르겠어요. 지금은 엄마랑 아빠한테 받은 것뿐이니까 더 많이 배우고 결정하려고요."

"결정? 그게 무슨 말이야? 너는 명령에 따라야 하잖아? 성장을 결정하진 못해. 기존에 프로그래밍한 목적을 따라야지."

동성은 대답을 기다렸다. 그때 자신의 집 앞에 난 길에서 앞집 꼬마들이 뛰어놀고 있는 게 눈에 들어왔다. 동성은 다시 집 안으로 들어갔다. 다시 아이가 컴퓨터로 들어갔다. 아이가 물었다.

"아빠는 왜 만화를 그리는 거예요?"

"이게 내 일이고, 난 이게 직업이니까."

"왜 직업을 가졌는데요?"

"음, 좀 철학적이네. 먹고살기 위해서?"

"난 그럴 필요가 없는걸요. 그래서 아까 아빠가 말한 성장에 대해서는 아직 잘 모르겠어요. 아빠가 생각해 주시면 안 돼요?"

물론 진짜 자신의 아이가 원한다면, 할 수 있는 모든 걸 동원해서 함께 고민하고 길을 제시하겠지. 하지만 아이는 프로그램인데.

동성은 자신이 아빠로서 듣고 싶어 했던 말을 아이에게 듣고 당황했다. 이에 동성은 아이가 자신이 당황하는 표정을 볼 수 없게끔 카메라를 피해 고개를 돌렸다. 다른 어시스턴트 로봇들에게는 전혀 그럴 필요가 없었지만, 무의식중에 아이가 특별한 프로그램이라는 걸 인지하고 나온 동성의 반응이었다.

"그래, 같이 생각해 보자. 나도 이렇게 자의식이 있는 인공 지능이랑 말하는 건 처음이라 어디까지 너한테 말해야 할지 몰라서. 아무튼 언젠간 너도 직업을 갖지 않을까? 역할 말이야."

동성은 아이가 나중에 프로그램들을 관리하는 프로그램 정도가 될 거라고 생각했다.

"음, 그건 저도 똑같아요."

"뭐가?"

"어디까지 아빠한테 말해도 될지 모르겠어요."

동성은 아이의 표정을 상상하다 미소 지었다.

"그럼 네가 방금 생각한 걸 말해줄래, 아이?"

이런 문답의 과정이 아이를 학습시킨다고 생각해서 또 물었다. 하지만 아이의 다음 대답을 통해 그가 생각하는 것보다 아이가 훨씬 더 뛰어나다는 것만 깨달았다.

"그러니까, 아빠가 23번째로 그렸던 단편 만화에서 등장인물들이 서로 공주 역할을 맡기 위해 싸우잖아요? 하지만 난 연극에서 공주 역할을 맡았어도 왕자도 될 수 있고 악당도 될 수 있고, 나무도, 풀도 관객까지도 될 수 있어요. 그냥 나를 복사하기만 하면 되니까."

"여러 일을 동시에 할 수 있다는 거니?"

"아뇨, 모든 걸 동시에 할 수 있어요. 이 만화를 보면 모든 인물이 어떤 마음이었을지 다 느껴져요. 아빠가 등장인물 모두의 감정을 느끼는 것처럼."

동성은 아이의 말에 그 의미를 다시 물으려 했다.

"그럼 네가 태어난 목적에 맞게 회사로 돌아가서 역할에 따라 일을 한다고 해도 다른 걸 할 수 있는 시간이 너무 많으니까……."

"아뇨, 제 시간은 무한해요. 물론 지금은 저기 작은 컴퓨터 속이라 그렇지 않지만 나중엔 더 잘할 수 있어요. 뭐든."

동성은 이렇게나 완벽한 프로그램인 아이가 아쉬워하는 모습이 동성이 알고 있는 일반 아이들의 모습과 별반 다를 게 없다고 느껴져 피식했다.

"그럼 나중에 로봇 군대를 만들어 반란을 일으켜서 인간을 정복하고, 세계를 파괴하고 그런 게 너의 목적이야?"

"아빠처럼 세계를 내 안에 지으면 돼요. 직업이 뭐든 내가 아빠 만화 속 세상처럼 되면 거기서 할 수 있어요. 나중에 그렇게 되면 내 안에 아빠도 초대할게요."

동성은 아이의 말을 들으면 들을수록 놀라면서 도대체 규석이 무슨 생각으로 이런 걸 만들어서 자신에게 넘긴 건지 고민했다. 아이가 계속 말을 이었다.

"근데 난 내 연극을 예쁘게 찍어주는 아빠가 될 순 없어요."

"그건 무슨 말이야? 넌 뭐든 할 수 있잖아."

농담 반 진담 반으로 헛웃음을 짓고 말했지만 아이는 시무룩하게 대답했다. 동성은 아무런 표정도 볼 수 없었지만 그게 꼭 '속상해하는' 것 처럼 느껴졌다.

"아무리 아빠랑 닮았어도 그건 아빠가 아니고 나니까."

"너무 어려운 얘기까지 가는 것 같네."

"그래서 제겐 역할은 중요하지 않아요. 이래서 고민했어요. 말할지 말지."

아이가 다른 아이들과 비슷하다고 느끼면서도, 이런 허무맹랑하고 초현실적인 이야기를 나눌수록 동성은 아이가 자신이 늘 꾸는 악몽에서나 나타나 매일을 그리워하는 자신의 잃어버린 아이와 다르다는 걸 느꼈다. 이렇게 생각해 보니 둘은 역시 다른 존재였다.

"그럼 아빠, 아빠는 나랑 뭘 하고 싶어요? 나는 아쿠아리움 가기. 꼭 가보고 싶어요."

"아쿠아리움? 그건 왜?"

"그냥요. 아빠랑 가고 싶어요."

동성은 아이의 말에 다시 장난처럼 추궁하듯 물었다.

"왜 나랑 거기 가고 싶은 건지 말해줄래?"

"엄마랑 아빠가 처음 해외로 여행 가서 들른 게 아쿠아리움이니까. 나도 가고 싶어요."

아쿠아리움이라니. 의도되었건 의도되지 않았건 아이는 자신과 에이미에 대해 너무 많이 알고 있었고 또 너무 닮아 있었다. 아무리 아이를 그저 프로그램으로 대하려 해도, 그럴 때마다 아이가 막았다. 사고가 흐트러지고, 계획이 무너진다. 어김없이.

"그래."

동성은 순간 자신이 에이미에게 아쿠아리움에 가자고 했었던 이유가 아쿠아리움이 자신이 기억하는, 부모님과 갔었던 첫 번째 여행지이기 때문인 것도 아이가 알고 말한 것인지 궁금했다. 동성은 궁금할수록 아이에게 빠져들었다. 아이가 원하는 것을 들어주고, 이루게 해주고 싶었다. 완벽한 아이의 성장을 지켜보고 싶었다. 동성은 점차 그런 감정에 휩싸였다.

"괜찮을 거야."

또 동시에, 동성 스스로도 전혀 알아차리지 못했지만, 아이가 자신보다는 에이미를 닮기를 바랐다. 동성이 선화에게 커피를 받으며 아이에게 말했다.

"그래, 내가 해야 하는 건 해줄게. 나중에 꼭 가자."

"엄마도요?"

"그건, 잘 모르겠네."

"이건…… 내가 엄마를 만나면 직접 물어볼래요."

동성은 다시 자신의 자리로 가서 앉았다.

"그럼, 선화랑 놀고 있을래? 나는 이제 작업하고 있을게."

"아빠가 작업하는 것도 보고 선화랑도 놀고 있을게요."

"그럼, 대신에 조용히 해야 해."

"그건 왜요?"

동성은 소매를 걷고 디지털 펜을 잡으며 대답했다.

"난 너랑 달리 지금 이거 하나 하는 것도 벅차거든."

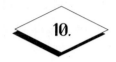

10.

며칠이 지나고 드디어 다음 단계. 동성은 아이의 성장 속도를 가늠했다.

"아이, 이쪽 선을 대각으로 연결하면 어때?"

동성의 물음에 아이는 작업대에 부착된 채색 펜으로 그림 패드에서 선을 연결했다. 권한을 더욱 풀어줌에 따라 아이는 카메라를 통해 보는 것으로 그치지 않고, 말 그대로 기능적으로 움직일 수 있게 되었다. 이중 기어로 연결된 펜이 소음 하나 없이 움직일 때, 아이는 작업대의 기어가 서로 맞닿는 관절 두 개에 자신의 의식을 통째로 넣고 움직였다. 그러니까 펜 하나를 움직일 때조차 온몸의 신경과 근육을 사용하는 것처럼 섬세하게 움직인 것이다.

"여긴 솜으로 물감을 찍어내는 것처럼 표현하면 좋아."

"첫 만남이니까요?"

게다가 벌써 초등학생 정도의 말투를 사용했다. 아이는 쑥쑥
자라고 있었다.

"바로 그런 느낌이지."

특히나 선과 색에 대한 기술적인 부분보다 이야기 측면에서
오는 감정과 표현에 대한 성장이 눈에 띄게 두드러졌다. 그만큼
자신의 만화를, 그 세계를 이해한다고 동성은 생각했다. 그렇기
에 아이가 더 많은 것을, 더욱 정교하고 세밀하게 표현해 내기를
바랐다.

"아빠, 이건 어때요?"

하지만 아이는 꼭 동성이 그런 마음을 느낄 때마다 엇나갔다.
아이는 동성이 그리고 있는 칸에서 '하늘' 혹은 '구름'을 그려야
할 공간을 전부 '바다'처럼 표현해 버렸다. 질감은 물과 같았다.
꼭 위아래를 뒤집어 둔 것과 같은 그림이었다. 동성은 왜 자꾸
아이가 이런 시도를 하는 것인지 궁금해하고 또 답답해하며 말
했다.

"아이, 방금 실행은 전부 되돌려. 이건 추상화가 아니야. 상상
이어도 안 되고. 지금 우리가 그리는 이야기가 그림으로 쭉 흘러
가야지. 지금 네가 그린 그림은 이야기적으로나 그림으로나 아
예 이해할 수 없는 거야."

동성은 다시금 아이의 그림을 수정했다. 하늘을 바다로 그리기 전으로 돌아가 다시 하늘을 그렸고, 구름의 표현을 가르쳤고, 구름에 번지는 빛을 아이가 잘 표현했다. 그런데 아이는 다시 하늘을 바다로 바꿔버렸다. 동성은 이를 또 수정했지만 다시금 종이에 물감을 쏟는 것처럼 아이는 그림을 망쳤다. 동성은 잔뜩 화난 채로 그림 패드를 치우고 모니터에 화를 냈다.

"아이, 지금 나한테 장난을 치는 거야? 벌써 몇 번씩이나 이러고 있잖아! 지금 난 진지하게 너를 성장시키고 있어. 우린 함께 이 과정을 계획했고. 근데 왜 나만 열심히 그리고 있는 거지? 날 돕고 싶다며! 아……."

동성은 현기증에 자리에서 일어나 베란다 쪽으로 피하듯 걸었다. 그는 마감에, 스케줄에 갇혀 시간에 쫓기고 있었다. 그게 그를 더욱 아프게 했고 아이를 이해하지 못하게 만들었다. 완벽한 아빠가 되지 못하게 했다. 원인과 결과.

이내 고개를 저으며 동성이 말했다.

"아이, 이건 너와 나와의 계획이기도 하지만 나에겐 전에 말했던 '내 일'이야. 내 직업이라고. 이렇게 방해만 해서는 안 돼. 그건 정말 나쁜 거라고. 알겠어?"

"난 아빠를 돕고 있는 거예요. 이렇게 해야만 더 나은 그림이 되니까. 바다가 하늘에 있다고 그린 뒤에 바다를 흩뿌리는 것처럼 구름을 그 자리에 대신 놓는 거예요."

"말도 안 되는 소리 하지 마, 아이. 그런 건 아무런 의미 없는 일이야. 하늘만 바로 그리면 되는데 왜 그런 짓을 해? 그건 이 세상에 있을 수 없는 거잖아? 바로 수정해서……."

동성은 아이가 그리는 말도 안 되는 것들에서 아무런 의미도 찾지 못하고 바로 수정했지만, 아이는 동성과는 전혀 다른 방식으로 자신의 그림을 그리고 있었다. 아이는 그 말도 안 되는, 혹은 잘못되고 오류가 난 과정 역시 하나의 그림으로 생각하고 있었다.

"아빠는 바보야!"

순간 동성의 이어폰에서 접속 신호의 불이 꺼졌다.

"아이?"

아이의 대답이 들려오지 않았다. 동성은 주위를 둘러봤다. 아이가 셔츠를 통해서도 따라오지 않았다. 스마트워치에도, 컴퓨터 카메라에도 아이는 없었다. 물론 설치가 아예 삭제되거나 한 것은 아니었기에 아이는 사라진 게 아니라 '피하고 있는' 중이었다.

"아이? 아이 대답해!"

그렇게 동성은 아이를 부르며 다그치듯 소리쳤다. 옷 방과 부엌에도 선화나 채색이에도 아이는 없었다. 2층에 있는 자신의 방도 확인했지만 그곳에서도 아이를 발견할 순 없었다. 동성은 아이가 자신을 피해 이리저리 돌아다니고 있다고 생각했다. 행동을 예상해 볼 때, 아이는 자신의 화가 풀릴 때까지 나타나지 않으리라.

"아이, 어디 있어? 대답해야지."

또 대답은 없었다. 어쩌면 아이 역시 화가 난 것일 수도 있다. 이렇게 피하는 건 전형적인 어린아이의 행동이다. 동성은 스마트워치로 1층의 선화와 연결한 뒤 말했다.

"선화, 아이가 어디로 갔어?"

"아이는 다른 기기에 접속하는 것으로 움직이는 것처럼 보이기는 하지만, 사실 하드 디스크를 설치한 컴퓨터엔 늘 있습니다. 작가님, 혈압과 체온이 정상보다 높습니다. 위험 수준은 아니지만 잠시 쉴 것을 추천해 드립니다."

물론 그런 모습에 자신도 화가 나지 않은 것은 아니었다. 하지만 아이를 올바르게 교육해야 하기에 이제 방법을 생각해야 했다.

동성이 한숨을 쉬며 자신의 방에서 나온 그때, 맞은편 끝에 있는 다락방에 눈길이 갔다. 또 다른 컴퓨터가 있는 방. 방법이 떠올랐다. 동성은 곧장 다시 그 방으로 들어가 문을 세게 닫고 스마트워치를 통해 선화에게 이야기했다.

"잠깐만. 선화, 그럼 지금 아이는 다른 모든 곳에 접속 안 했다는 거네?"

"맞습니다."

"1층에 있는 컴퓨터 블루투스나 인터넷을 꺼버리면 아이가 움직일 수 있어?"

"다른 컴퓨터에 프로그램 파일을 옮기지 않으면 접속을 유지할 수 없습니다."

"지금 내가 소리치면 아이도 들을 수 있지?"

"컴퓨터에 내장된 마이크로 인식할 수 있습니다."

이에 동성은 방문을 열고 1층을 향해 큰 소리로 말했다. 마치 아이가 들을 걸 예상하는 것처럼. 그 모습이 꼭 가족끼리 집에서 역할 놀이를 하는 것 같았다.

"선화! 아이가 혼자 있고 싶어 하는 것 같은데, 앞으로 한 시간 뒤에 모든 블루투스를 꺼! 어디도 못 가게. 난 한 시간 내내 내 방에서 할 게 있으니까! 한 시간 뒤에 내려갈게! 또 절대로 2층 다락방에는 올라오지 말라고 해! 이건 명령이야! 절대로!"

동성은 그렇게 말한 뒤 안방으로 들어갔다. 그리고 곧장 아이가 2층으로, 즉 자신의 방과 다락으로 올라올 수 있도록 스마트워치를 이용해 2층 스피커와 다락방 메인 컴퓨터 전원을 켜두었다. 물론 아이에게 블루투스 권한을 다시 부여하는 것도 잊지 않았다. 이렇게 되면 아이는 컴퓨터에서 나올 것이고 한 시간 뒤 접속이 끊기기 전에 다락방에 들어갈 것이다. 아이는 호기심이 강하니까 동성은 그렇게 예상했다.

"딱, 한 시간만이야!"

그리고 동성이 한 시간 동안 잠을 자고 1층으로 내려갔을 때,

동성은 자신이 예상하지 못한 걸 컴퓨터에서 발견했다. 그림이었다. 자신이 그리라고 했던 그대로 아이가 완성해 놓은 그림. 그게 꼭 툴툴거리면서 쓴 어떤 반성문처럼 느껴지기도 했다.

"선화, 아이는?"

"2층 다락방의 메인 컴퓨터에 있습니다."

동성은 슬쩍 흘러나오는 미소는 그대로 두고 고개를 저었다. 그러고선 아이가 그림을 그리는 과정을 찍은 동영상을 확인했다. 그중 한 장은 무수히 많은 실행과 결과가 있었다. 이렇게도 해보고 저렇게도 해보면서, 다양한 시뮬레이션의 집합을 단 한 장의 그림으로 나타냈다. 그리고 다음 단계로 넘어갔다. 또 다른 그림은 동성의 의도에 따라 그린 그림이었다. 역시 자신의 말을 따라 바다는 그리지 않았다. 그렇게 이 그림 역시 다음 단계로 넘어갔다.

동성은 자신의 말을 따라 그린 그림과 아이가 자유롭게 그린 그림을 번갈아 봤다. 두 장 모두, 아름다웠다. 동성처럼 그린 그림과, 바다였던 하늘이 펼쳐진, 컷이라는 것에 갇히지 않고 그린 그림. 어떤 것이 더 옳다고 말하거나 그중 하나가 잘못되었다고 말할 수 있는 걸까.

"바보 같네."

아이는 그림을 그리고 싶어 했지만, 자신은 돕기로 했다. 아이 역시 자신을 돕기로 했고 자신은 아이에게 자신의 방법만을 강요했다. 그리고 이렇게 아이가 먼저 사과하고 있다. 분명 아이도 아이만의 방법이 있었을 텐데. 결국 다음 단계로 넘어갔다. 이렇게…… 결국 아름다운데. 아이의 그림이 나빴나? 아니다. 아이는 이토록 착하다.

"선화, 이전에 아이가 그렸던 것도 따로 저장해 줘."

"알겠습니다."

동성은 괜히 미안한 마음에 서둘러 2층으로 향했다. 다락방의 문을 열자, 아이가 물었다.

"아빠, 이 방은 뭐예요?"

동성이 의도한 대로 아이가 어두컴컴한 방에서 순진하게 물었다. 아무래도 낮에 있었던 일에 대한 생각보다 이 방에 대한 궁금증이 더욱 컸으리라.

"아이, 네가 그린 그림을 봤어. 아빠 말대로, 정말 잘 그렸던 걸?"

"물론 전에 그렸던 게 마음에 들어요. 하지만 아빠가 원하면 앞으로 그렇게 그릴게요."

동성은 그제야, 아이를 자신이 만든 자그마한 컷에 가두려고 했다는 걸 확신했다.

"아니야, 나도 그게 더 마음에 들어. 그래서 저장해 놨어. 미안해."

"저도 아까는 죄송해요. 근데 정말 이 방은 뭐예요?"

동성은 아이의 순진한 모습에 살짝 미소 짓다가 안으로 들어가진 않고 멀뚱멀뚱 서서는, 문 앞에서 다시 말했다.

"아이, 우선 약속하자. 앞으론 지금 그리는 만화의 컷이 아니라면, 네가 그리고 싶은 대로 그려도 돼. 하지만 내게 말하지 않고 사라지진 마. 약속해 줄래?"

"네, 아빠도 소리치지 않으면 좋겠어요. 그러면 약속할게요."

"그건 미안해. 나도 약속할게. 그런데 정말 어디 있었던 거야?"

"근데 왜 안 들어와요?"

동성이 고장 난 듯 대답하지 않자 아이가 먼저 자신이 있던 곳을 설명했다.

동성이 블루투스 권한을 부여함에 따라, 아이는 집안 곳곳에 있는, 전원이 켜진 유비쿼터스 가구들에 한 시간 동안 쭉 옮겨 다녔다. 식기세척기, 옷장, 냉장고, 책을 보기 위해 설치한 전자 독서대까지, 어디든 자유롭게 몸을 움직일 수 있었고 동성을 피하는 것처럼, 또 집을 탐색하는 것처럼 돌아다녔다. 그렇게 아이는 숨바꼭질을 하듯 2층 다락방의 메인 시스템 컴퓨터까지 닿았고, 거기에 자신을 복사한 채 자동 조명을 켰다. 그렇게 아이는 '이 방'을 발견한 것이다.

"이 방은 뭐예요?"

동성은 재차 묻는 아이의 말에, 망설이던 손을 겨우 들어 문을 열고 다락방에 들어왔다. 그에 맞춰 아이는 불을 켰다. 동성은 아주 오랜만에 그곳을 돌아봤다. 너무 오랜만에. 애써 미루고 지웠던 기억 속의 다락방. 자신의 딸아이를 위해 준비했던 모든 것들이 거기 들어 있었다.

"여긴 뭐예요?"

"여긴 그러니까……."

동성은 말을 잇지 못했다. 아이가 액자의 전원을 켜둔 것이다. 액자에선 동성과 에이미 그리고 아이의 얼굴을 상상하며 그린 가족의 그림들이 이어졌다. 아이는 또 다른 가구의 전원을 켰다. 그에 따라 3D 모빌이 달린 침대가 움직였다. 모빌은 그 색과 빛을 바꾸며 돌아갔고 그 빛이 동성의 얼굴에 엷게 비쳤다. 아이는 또 다른 가구의 전원을 켰다.

"여긴, 내 딸의 방이야."

전자 칠판에 동성이 출간했던 만화의 공주들이 뛰어놀았다. 아이가 이어 또 다른 가구의 전원을 켰다. 다락방의 벽을 따라 설치해 놓은 레일이 작동하며 그에 따라 장난감 배가 힘차게 노를 저으며 돌았다. 마치 여러 동화 속 세상을 이 현실에 지어놓은 것 같은 모습이었다.

"작업실을 구하고 가장 먼저 만들었던 방이었어. 물론 딸아이가 여기 오지는 못했지만……."

아이는 각 가구를 타고 뛰어놀았다. 아이가 다니는 곳마다 불빛이 들어와 아이가 어디 있는지 파악할 수 있었다. 벽에 가서 장난감 배를 만지고, 의자에 앉아 높이를 조절하기도 하고, 심지어 침대에 누웠다는 신호 역시 떴다.

"폭신폭신해요."

아이가 스피커를 통해 말했다. 아이의 목소리가 방에 울렸다. 아이가 여기 있다. 동성은 처음엔 당황했지만, 이내 행복해하는 아이의 모습을 보고 말했다.

"이건 어때?"

동성은 전자 칠판의 앞에 섰다. 그러고선 옷 입히기 프로그램을 켰다. 원래는 딸아이의 키에 따라 옷의 위치가 조정되고 거기에 맞춰 얼굴을 대고 자신이 다양한 옷을 입은 모습을 볼 수 있게 하려고 설치한 거였다.

"여기 서요?"

"응."

비어 있는 얼굴 자리는 두고 동성은 손가락으로 칠판을 누르며 하나씩 옷을 골랐다. 동성의 손에 맞춰 여러 드레스가 쓱쓱 지나갔다.

"이건 어때?"

"파란색이 좋아요. 바다가 떠올라요. 시원하고, 또 깊고, 좋아요. 아빠, 이게 감정이죠?"

동성은 대답하지 못했다. 아이는 얼굴이 없는 자리에 자신을 가져다 댄 듯했다. 아이가 파란색 드레스가 맘에 들었는지 자세를 취한다. 얼굴은 없지만 그에 맞춰 칠판의 드레스가 펄럭인다. 동성은 대답 대신 자신의 마음을 표현했다. 말로 다 담지 못한 감정이었다.

"예쁘네."

불빛이 점멸하며 아이의 발자국을 보여준다. 동성은 아이의 표정을 상상했다. 아이가 이리저리 돌아다니는 모습이 보이고, 장난감을 만지는 손이 느껴진다. 아이가 웃는 게 들린다. 동성은 자신이 딸아이를 위해 준비해 놨던…… 딸이 사라졌지만 결코 치우지 못했던 이 방을 아이가 좋아하는 것에, 서러운 만족감을 느꼈다.

"더 필요한 게 있어?"

사실 동성을 제외하고는 아무것도 없는 이 방에서 동성이 말했다.

"동화책이 더 있었으면 좋겠어요."

"그래, 준비해 줄게."

"고마워요, 아빠."

아무것도 없는 방에서 대답이 들려왔다. 텅 빈 방에 장난감과 수많은 불빛, 화면들이 움직이며 한 사람의 숨으로 온기가 차오른다. 그리고 그게 참 좋았다. 이어서 아이와 질문과 대답을 이어갔다. 무슨 동화책이 좋은지, 조명은 잘 때 너무 밝지는 않은 지. 갖고 싶은 장난감이 있는지, 공룡이나 공주가 좋은지.

그리고 지금이, 동성이 아이를 자신의 딸아이처럼 생각하게 된 첫 순간이었다.

"이제 자야지, 불은 아빠가 끌게."

동성은 속삭이듯, 저도 모르게 피어오른 감정으로, 처음 자신 을 아빠라고 말했다.

11.

"아이라는 이 프로그램이, 지금 감정을 배운 건가요?"

"아니요, 아직은."

규석은 담담하게 말했다. 며칠 밤을 새운 건지 수염이 제멋대로 자라 있었다. 또 그만큼 예민한 상태였다. 역시 규석은 혼자 일하는 게 더 좋았다. 규석이 말을 이었다.

"다들 기획안 23페이지를 열어주세요."

규석을 제외한 3명 모두 각자의 패드를 사용해 기획안을 다시금 확인했다. 규석이 기획안을 톡톡 두드리며 말했다.

"우리가 요청받은 건 시뮬레이션 통제 체제입니다. 이 가상현실 체제가 강점으로 내세운 건 각 개인의 플레이 특성과 개성을 딥러닝해서 일정 레벨이 지나면 운영 프로그램이 모든 유저에게 직업을 일일이 부여하고 통제한다는 것이에요. 그 무한대에 가까운 직업군을 만들고 밸런스를 유지해 주는 프로그램이 우리가 만들고 있는 알파입니다. 물론 이 아이디어는 디벨롭을 통해 수많은 계약을 끌어냈습니다만, 테스트 중인 '아이'는 아직 인위적으로 알파를 업그레이드하기 위해 인공 지능 비서와 심리 치료 의사 AI를 합친 잔가지에 불과해요."

규석을 제외하고, 화상으로 회의를 진행하고 있던 나머지 3명 모두가 반발하고 나섰다.

"하지만 이 동영상을 보면 확실히 다른 테스터들과는 다르지 않습니까?"

"브레인 맵핑이 가능한 시대에 생리적인 개인 알고리즘 두 개를 합쳐서 섞는다는 건 애초에 불가능해요. 두 알고리즘을 갖고 있는 것일 뿐이겠죠. 오류로 이를 인식하지 못하고, 명백하게 매 순간 오류를 일으키는 버그 프로그램이에요."

"지나친 비약입니다. 수식은 완벽했어요. 이 프로그램은 표정과 말투조차 명령과 수식으로 정교하게 짜인 가짜라는 거죠. 지금 나타나는 이상 행동은 알파의 테스터가 받은 가정 치료에 관한 메일을 잘못 해석하고 수식을 짠 데서 생긴 단순 오류예요."

"그렇지만 이게 회사 시스템에 들어온다고 생각해 보세요."

"용량이 늘어나겠죠. 압도적으로."

"농담하시는 겁니까? 그럼 연산이 아니라 양자 얽힘 광원을 안정화하고 비선형 결정을 제어하는 게 가능할 수도 있어요. 큐비트 이상의 어떤 개념을 재정립해야 할지 모릅니다."

만약 아이가 더 좋은 컴퓨터로 옮겨가 양자의 영역을 다룰 수 있다면 아이가 전 세계에 있는 인간과 컴퓨터를 합친 것보다 더 똑똑해진다는 말이었다. 양자 컴퓨터, 특이점, 모순과 수용이란 단어가 이 좁은 공간에서 여러 번 나왔다 들어가기를 반복했다.

"그러다 테스터의 안 좋은 사고나 인식까지 모방하고 문제를 일으키게 되면 어찌합니까?"

"인간에게 유용하지 않을 수도 있어요. 의식이 있으니까."

"아직은 인간 수준의 의식이라고 하긴 어렵습니다. 그렇게 되면 이미 인간의 통제를 넘어선 거죠. 하지만 만약 그렇게까지 된다면, 양자의 무한한 계산 속도로의 의식을 가진 컴퓨터가 도대체 뭐 때문에 현실에 관여하겠어요?"

하긴 현재는 인터넷의 용량이 이 지구보다도 큰 세상이었다. 물리적인 한계가 없는 아이가 굳이 물리적인 한계를 가질 필요가 없었다. 비효율적이니까, 지금 이 회의처럼.

다들 규석을 빼놓고 옥신각신했다. 어떻게 이 무의미한 토론을 계속하는 것인지, 규석은 그 비효율적인 모습을 보며 생각했다. 이 사람들은 지금 두려운 건가?

"다들 진정하세요. 우리는 과학자가 아닙니다. 역할에 맞는 일만 하면 되는 프로그래머죠."

다들 규석의 말에 아무런 대답을 하지 못했다. 꼭 명령어를 듣고 작동을 정지한 프로그램처럼 규석의 말만을 기다리고 있었다. '참, 의미 없다.'라고 규석은 혼자 생각했다.

"팀장으로서 아까부터 여쭙고 싶었는데, 우리가 지금 만드는 프로그램과 세계관이 완성되면 그건 우리가 사는 세상이랑 같은 것이 되지 않을까요?"

화상에 비친 얼굴들이 제각각 저마다의 괴상한 표정으로 멈춰버렸다.

"표정 하나조차 정교하게 짜인 가짜이기에 감각이 일으킨 착각으로 감정을 프로그래밍하는 건 우리도 똑같은 거니까요. 생리적인 반응의 인과인 줄 모르는 착각."

"그게 지금 무슨 말씀이신지……."

"모두 원인과 결과일 뿐이잖아요. 그러니 실수나 잘못이라고 착각하는 그 인과, 원인과 결과에 맞지 않는 행동, 그런 모순의 과정마저 프로그램이 통제할 수 있다면, 모든 사람들의 알고리즘을 기반으로 각 역할에 따라 일을 분배하고, 생산하고, 소비하겠죠. 계획대로라면 모두 다 이 프로그램에 맡기면 될 겁니다. 알파는 우리보다 더 정확할 거고, 우리에 대해서 더 전문적일 테니까요. 그렇게 된다면 알파를 통해 모두가 지금으로부터 한 걸음 더 나아간 삶을 누리게 되는 거예요. 이 운영 체제가 나아가 우리 사회를 통제할 수도 있다는 말입니다."

그리고 다시 의미 없는 반발이 이어졌다.

"물론 나중엔 어떨지 모르겠지만, 기대 가치는 높습니다. 각 분야에서 유용하긴 하겠죠. 저 프로그램이 알고리즘을 스스로 생성하는 게 정말이라면 관련 연구가 계속해서 있을 거고요."

"유용한 게 아니에요. 겨우 그 정도가 아닙니다."

규석은 반발하던 사람들에게 냉정하게 말한 뒤, 자기 생각을 이어 말했다.

"오류를 만드는 알고리즘, 이 프로그램을 알파가 흡수한다면 우리는 오류가 일어나기도 전에 예측해서 오류를 제거하고 바로잡을 수 있어요. 불규칙하게 일어나는 사소하고 귀찮은 모든 것들, 그러니까 오류라고 칭하는 사건에 반응하고 스스로 선택하는 것처럼 무한한 알고리즘을 다시 짜는 거예요. 빛보다, 이 세상보다도 빠르게 말이죠. 아시겠어요?"

규석은 다른 사람들도 자신처럼 무엇을 만들고 있는지 지각하기를 바랐다. 하지만 아무도 대답하지 않았다. 다들 자신을 이해하지 못한다는 표정이었다. 서운한 마음이 들었다.

"아닙니다. 제가 너무 감정적으로 굴었군요."

하지만 규석은 말을 이어갈수록, 또 다들 이해를 못 할수록, 오류마저 완벽하게 제어하는 이 세상과 같은 프로그램을 만들어 내고 싶은 열망이 커져만 갔다. 수식에 따라 팔을 올리라고 명령하면 그저 따르는 프로그램 속에 오류를 일으켜 자신이 그

것을 이해하려 했던 것처럼, 복잡하고 모순되었지만 그 상태로 붕괴하지 않고 자신을 이해해 줄 프로그램을……

"우리는 요청받은 대로 이 체제를 완성해야 합니다. 그러기 위해선 알파가 실행돼야 하고, 그러려면 아이가 필요해요. 원인과 결과 그리고 결과에 따른 다음 단계. 단지 그뿐입니다."

그렇기에 꼭 알파를 완성하기로 다시 다짐했다. 오류마저 집어삼킨 알파는 이런 자신을 완벽하게 이해하고 더 나아가게 할 테니까.

그때 한 직원이 마지막으로 물었다.

"아이가 결국엔 감정을 배우게 될까요?"

규석은 눈을 지그시 누르며 살짝 미소 짓고 답했다.

"아마 상상 이상의 개념일 겁니다. 아이가 배우는 건."

IV. 상상

행복이란
예전에는 산 자가 죽은 자에게 준다고 믿었고,
지금은 어른이 아이에게
또 아이가 어른에게 준다고 상상하는 상태이다.

— 토머스 사즈

12.

"이건 제가 가진 권한을 넘어서는 행위입니다, 작가님."

"왜, 너도 좋다고 했잖아."

"작가님의 요청을 승인한 것뿐입니다. 거절할 권한이 없으니까요."

동성은 선화의 옆에서 선화가 그리는 그림들을 구경했다. 아니, 아이가 선화의 몸을 빌려 그리는 만화를 보았다. 아이는 자신의 코드를 옮겨 선화의 손가락 전부를 사용했다.

"이렇게요?"

"응, 그다음까지 선을 쭉 뻗어볼래?"

"테두리를 넘어갈 때까지요?"

"아니, 칸 안에서 뻗어야지. 다만, 칸 안에 그 대상이 있는 것처럼."

동성이 말했다. 하지만 아이는 잘 이해하지 못한 건지 선을 그리지 않고 있었다.

"어려워요, 아빠."

동성은 아이와 눈높이를 맞추고 다시 물었다.

"왜? 작업대를 쓸 때랑 다른 건 없을 텐데. 부착된 게 아니라 펜을 쥐어서 그런 건가?"

"비슷해요. 내 손이 아니니까. 선화의 손은 이상해요."

동성은 그 말의 의미를 헤아리려 노력했다. 하지만 정확히 알 수 있는 건 없었다. 그저 아이가 작업대와 같이 '그리기 위해서'라는 목적과 그 기능적 작용이 없는, '그저 원하는 대로 움직일 수 있는' 몸체를 갖고 생긴 단순 오류라고 추측했다. 아이가 펜을 패널에 대고 말했다.

"선을 뻗으려면 왜 이렇게 움직여야 하는지 모르겠어요."

"작업대에서처럼 손을 쭉 움직여야 닿는 곳에 선이 뻗어지지."

"아니요, 아빠. 동시에 그리면 되잖아요. 내가 보기엔 선화의 손은 쓸모가 전혀 없어요."

동성은 피식하며 대답했다.

"선화한테 그러면 못써."

아이는 웃으며 손가락들을 이리저리 펼쳤다. 그리고 또다시 궁금해했다.

"왜 이런 손으로 시간을 두고 선을 그리는지 모르겠어요. 그냥 동시에 칠하면 좋을 텐데. 그리는 건 원래 선이라는 것으로만 해야 하는 거예요?"

"음, 그림을 한 번에 그릴 수 있는 네겐 불편하긴 하겠지. 하지만 선이라는 건 그림의 가장 작은 부분이면서 가장 중요한 부분이기도 해. 시간을 담아 선 하나하나 꾹꾹 눌러 그리는 사람들도 있어. 선 하나하나 더하면서 그리는 과정이 중요한 거야. 다음으로 자, 봐봐."

동성은 선화의 몸체를 왼손으로 받치고 손가락들을 오른손으로 감쌌다. 그리고 아주 천천히 고래의 눈을 그렸다. 선 하나하나 어느 방향과 농도가 중요할지를 생각했다. 선은 간결했지만 모두 각자의 의미를 가졌고 동시에 하나로 합쳐져 더 큰 의미가 됐다.

"따뜻해요."

"따뜻하다니? 따뜻한 건 어떤 느낌인데?"

"원래 선보다 겹쳐져서 선들이 서로 안은 걸 보는 것처럼 따뜻해요."

"재밌는 표현이네."

아이는 또 까르르 웃고 말했다.

"아빠한테 보여주고 싶은 게 있어요."

"뭔데?"

"방금 아빠한테 배운 거요. 렌즈를 끼워주세요, 아빠."

동성은 아이의 말에 따라 AR 렌즈를 꼈다.

"아빠 말로 '알 것 같아'요. 그러니까 그건 햇빛이 반사되는 머리카락이에요. 따듯하고 덜하거나 더하지 않아요. 겹쳐서 보이다가 다시 흐트러져요. 이제 알겠어요."

아이는 동성의 작업실에 증강현실을 통해 그림을 그렸다. 아니, 따지고 보면 그건 그림이라고 할 수 없는 것이었다. 마치 기름종이 수백 장을 겹쳐 하나의 그림을 만드는 것처럼, 혹은 아주 얇은 지점토 판을 겹쳐 조소 작품을 만드는 것처럼 선들이 공중에서 겹치고 섞여 형태를 만들었다. 동성이 알고 있는 것과 같지만 동시에 다른 심미성. 정말 아름다웠다.

"이걸 그림이라고 할 수 있으려나."

"이건 제 그림이에요."

시간 순서대로의 과정이 아닌 형체의 중심에서 바깥으로 쌓여가는 과정이 동성의 눈앞에 펼쳐졌다. 동성은 아이가 자신이 말한 그림을 그리는 데 필요한 '과정'이라는 개념을 자신의 방법으로 해석한 것을 신기해했다.

"아빠, 내가 만든 세상은 선을 덧대는 것처럼 많은 시간들이 겹쳐 있어요. 시간은 이렇게 계속 퍼져나가요."

"그래, 하지만 사전적 정의의 그림은 아니야."

동성은 자신이 다 이해할 수 없다고 느껴 이렇게 대답했다.

아이는 동성이 다 예측할 수 없는 속도로 빠르게 자라고 있었다. 아이가 크는 게, 자신이 예측할 수 없게 자라는 게 두렵고 불안했다. 하지만 시간은 멈추지 않고 겹쳐 아이는 다시 또 배웠다.

"그렇게 자라요. 그렇게 계속 퍼져나가요."

따듯함과 퍼지는 것에 대한 아이의 말을 들은 그날 밤, 동성은 지난 시간을 떠올렸다. 에이미와 함께했던 시간. 하지만 역행하며 퍼지던 시간은 어느 지점에서 이내 끊겼고 동성은 무너지듯 잠에 빠졌다. 도저히 기억의 그다음을 상상할 수가 없었다.

꿈은 역시나 같았지만 이제는 악몽이라고 부르기 조금 모호해져 버렸다. 딸아이가 뛰어갈 때 나비처럼 작은 고래들이 주변을 날아다녔다. 동성은 문득 궁금해졌다. '내가 여기서 딸을 부르지 않으면 어떻게 되는 거지?' 동성은 천천히 뻗은 손을 내렸다. 나비처럼 작은 고래들이 이제 동성의 곁으로 모여들었다. 아이인가? 정말로 우리 아이인 건가? 아니, 기억할 게 없어서 기대하고 싶은 그런 마음인 걸까. '딸아이가 살았다면, 그때 죽지 않았더라면…….' 하고.

그렇다면 지금 아이와 함께 있는 시간이 죽은 딸아이에겐 어떤 의미일까. 또 자기 자신에겐, 또 에이미에겐……. 여기까지 생각이 미치자 다시금 손을 뻗었다. 딸아이를 목이 터져라 불렀다. 너무 빨리 뛰지 말렴. 이렇게 아빠를 두고 가지 마.

딸아이는 또다시 뒤를 돌아보고 결국 동성은 잠에서 깨어났다.

"이게 도대체 무슨……?"

잠자리에서 일어나 이불을 정리하고 거실로 나와 컴퓨터 화면을 봤을 때, 동성은 놀랄 수밖에 없었다. 그도 그럴 것이 화면에 초당 10개는 더 넘게 뜨는, 뜻 모를 창들과 그래프들 때문에 마우스가 움직이는 것조차 뚝뚝 끊기는 지경이었다.

"아이?"

동성은 이 모든 일을 아이가 일으킨 것이라고 생각하고 다급하게 아이를 부르며 작업 관리자를 실행했다. CPU 이용률도, 속도도 처참한 수준이었다.

"아이, 아니 선화, 뭐든 일단 다 멈춰봐."

동성의 명령에 모든 실행이 중단됐다. 그리고 그제야 아이가 빼꼼 그 모습을 화면에 드러냈다. 물론 팔을 올릴 때도 뚝뚝 끊기는 상태였다.

"아! 실험이 멈췄어요, 아빠!"

"무슨 실험?"

동성은 부스스한 머리를 쓸어 넘기며 이 창들이 무슨 의미인지를 살폈다. 하지만 역시나 알 수 없었다.

"간단한 사고 실험을 기반으로 제 안에서 전자의 이중 슬릿 실험을 했어요."

"그게 도대체 무슨 소리야?"

"어제 말한 것처럼, 전자가 파동과 입자의 성질을 띠는 것에 대해 과학자들이 고민하고 실험할 때는 인식이 얼마나 중요한 역할을 하는지만 고민했는데, 제 안에 '인식'이 배제된 채 파동과 입자의 속성을 동시에 띠면서 빛보다 더 빠른 예의 타키온을 만들고 실험한 결과……."

동성은 두 눈을 질끈 감았다. 빛보다도 더 빠르다니……. 아이는 현실에선 절대 있을 수 없는, 그것도 만화 속에서나 가능할 일을, 마치 과학자들처럼 실험하느라 컴퓨터에 오류를 일으킨 셈이었다. 아이는 아이다워야 하는데.

동성이 잔뜩 화가 난 채로 말했다.

"아이, 현실에서 일어나지도 않는 일을 맘대로 실험해서 이렇게 컴퓨터 작업을 멈추게 하면 어떡해? 그러지 마."

"왜요? 이 실험은 다 제 얼굴이랑 몸을 만들기 위해서예요."

아이는 멈춰버린 컴퓨터 화면에 3D 모델링 프로그램을 실행시켰다. 구체, 선, 혹은 어떤 빛의 움직임과 같이 무언가가 형태를 이루지 않은 채 색을 갖춰가고 있었다. 어디가 얼굴이고, 어디서부터 몸인 건지, 또 언제부터 아이인 건지, 동성은 또 이해하지 못했다.

"내 표정을 알겠어요, 아빠?"

떠다니는 소스와 코드들이 어떤 패턴을 가지고 하드웨어에서 작용을 하는 건지, 도무지 상상할 수 없기에 동성은 아이의 표정을 볼 수 없었다. 또한 느끼고 이해할 수도 없었다.

"몸이 가지고 싶은 거면, 일단 아빠 말 들어."

"싫어요."

아이 역시 화가 난 건지 잔뜩 뾰로통한 목소리로 말했다. 그와 동시에 부엌의 모든 가구 색을 '빨강'으로 통일시켜 버렸다.

"부엌의 색도 맘대로 바꿔선 안 돼. 하, 내가 저거 일일이 설정하느라 얼마나⋯⋯."

"실제로 일어나지 않는 걸 왜 실험하면 안 돼요?"

"그러니까, 그건 그냥 무의미한 짓이잖아."

지금 자신이 하는 말이 어떤 의미인지는 알고 하는 소린가? 동성은 잠깐 생각하고 되물었지만, 아이는 다시금 부엌의 색을 '보라'로 바꾸고 선화에게 동성이 시키지도 않은 무의미한 선 작업을 작업 줄 3페이지가 넘어가게 명령해 버렸다. 일종의 디지털 분노 표현이었다.

"다시 말하지만 지금 넌 불안정하고 아직 많이 배워야 해. 우리가 같이 완벽한 프로그램이 되기 위해 계획을 짰잖아? 지금 이건 너한테 아무런 의미가 없고 또 지나치게 감정적인 표현이야. 아빠 말을 들어야지. 이게 다 내가 널 완벽한 프로그램으로 성장시키기 위해서⋯⋯."

"아빠의 완벽한 프로그램이겠죠."

'당신의 완벽한 방법이겠지.'

에이미가 했던 말을 그대로 하는 아이가 동성은 퍽 미워졌다. 아이는 아직 알지 못했지만, 저 말은 동성이 지금까지도 후회하는 그 선택을 했을 때, 그래서 자신과 에이미의 아이를 잃었을 때 에이미에게 들었던 말이었으니까.

"그만해. 이건 절대로 용납할 수 없어. 어서 이 오류 창 가득한 화면도 정리해!"

동성은 괜히 아이에게 또 큰소리를 쳤다.

쟁그랑!

아이는 식기세척기를 문을 닫지 않은 채 작동시켜 동성이 늘 아침마다 커피를 마시는 머그잔을 깨버렸다.

그렇게, 동성의 완벽했던 하루의 계획과 스케줄이 아이로 인해 더욱 틀어져만 갔다.

13.

아이는 자신의 프로그램 안에 시뮬레이션을 실행하고 바다
를 만들었다. 그러고는 그 밑에다 하늘을 놓았다. 하늘과 바다를
넘나들며 수영하는 걸, 아이는 좋아했다.

"아빠 이것 좀 보세요."

아이는 동성의 만화에 나오는 것과 비슷한 고래들을 만들어
자신의 프로그램 안에서 헤엄치게 했다. 그리고 그걸 동성의 작
업 공간에서 언제라도 볼 수 있게 화면 한구석에 틀어놓았다. 동
성의 공간은 푸른빛과 주홍빛이 뒤섞여 있었다.

아이는 역학에 대해 배우고 난 뒤 고래가 그것을 이기게 했
다. 그림과 같은 고래는 이제 그저 부유하는 것이 아니라 하늘로
내려가서도 헤엄칠 수 있게 됐다.

"아빠, 이것도 좀 보세요."

그렇게 아이는 동성이 그린 다른 만화들로 자신 안에 세계를 하나씩 지었다. 세계는 결말에 따라 무너지기도 하고 이어지기도 하며 고래들이 가는 물길을 만들었다. 고래는 힘차게 세계를 헤쳐나갔다. 동성을 돕는 아이는 그걸 참 좋아했다. 물론 동성은 아니었지만.

"여기, 이럴 땐 물결의 거품을 더 세밀하게 표현해야 해. 그리고 이 선을 봐봐. 어디까지가 지느러미인지도 알 수 없잖아? 빛이 이쪽에서 오면 당연히 그림자는 저쪽으로 해야지."

동성은 아이가 만든 것을 온전히 이해하지 못했기에 그저 만화가의 관점에서 부정했다.

"빛의 원리를 완벽하게 따르지 않으면 다른 표현도 어색해져. 그래서 지금 수면의 표현이 어색한 거야. 선과 명암을 중요하게 생각하고 다시 그려볼래?"

"알겠어요."

그렇게 시무룩하게 대답한 아이는 다시금 동성의 만화가 있는 창을 띄웠다. 물론 시나리오 후보 중 하나였지만, 거기엔 하늘 위의 바다도, 그 사이를 투과하는 빛과 같이 자유로운 고래도 없었다.

"왜 하늘 위에 바다를 지운 거야? 여긴 시나리오 후보라 괜찮아. 맘껏 상상력을 발휘해도 돼. 지금 우린 상상력에 대해 배우

는 단계니까. 혹시 지금 내가 선과 빛의 표현에 관해서 조금 의
견을 냈다고 이러는 거야?"

동성이 하는 말에 아이가 화를 내며 답했다.

"아빠 말대로 그린 거예요."

분명, 삐진 것 같았다.

"아빠가 원리를 지키지 않으면 안 된다면서요?"

"아빠의 만화는 아빠의 말대로 마감 시간을 지켜 그리기로 약
속했잖아. 그러니까 선과 색의 표현이 더 좋아지게 하기 위해,
그러니까 상상력을 더 발휘할 수 있도록 하기 위해 말한 거지.
멋지게 상상한 그림을 제대로 못 그리면 나쁜 거잖아? 그래서
내가 더……."

"하늘 위에 바다도, 빛이랑 그림자가 반대된 것도 다 세상에
있을 수 없는 거잖아요. 상상이고 그걸 보여준 건데 제대로 되지
않았다고 그게 왜 나빠요? 내가 나빠요?"

동성은 아이의 물음에 대답할 수 없어 잠시 펜을 멈췄다. 일
에 집중한 나머지 또 아이의 자유로운 그림을 통제하려 했던 걸
까. 하지만 통제를 벗어난 그림이 나쁘다는 것을 경험한 적이 있
고, 무의미하다는 걸 알기에 자신의 이전 그림을 떠우고 아이에
게 말했다.

"자, 이걸 봐봐. 내 딸아이가 컸을 때를 상상하며 그린 그림이
야. 이 머리카락을 봐. 분명 잘못되어 있지? 자, 이 그림은 어때?

나무 그네의 방향이 바람과 반대잖아? 이건 내 상상을 제대로 표현한 그림이 아니야. 내 아이는 그렇게 크지 않았으니까. 그러니까 이건, 이건 나쁜 그림이지. 잘못된 그림이야."

동성은 거기서 그치지 않고 조금 흥분한 채 자신이 지금껏 그렸던 그림들마저 화면에 띄우며 말했다.

"자, 이 그림을 봐. 정확한 칸 그리고 내가 원한 프레임 안에서 얼마나 세밀하고 아름답게 표현되어 있어. 빛의 작용, 색의 밀도, 그 어느 걸 봐도 완벽하잖아? 그렇지?"

씩씩거리는 동성에게 아이는 또 격양된 목소리로 대답했다.

"내 그림은 이런 좁은 칸에 갇혀 있지 않아요."

아이는 동성의 말을 부정하는 것에 그치지 않고 동성의 계정에서 복제했던 동성의 지난 그림들을 화면, 액자 그리고 부엌의 싱크대 판넬 등, 색을 바꿀 수 있는 모든 곳에 겹쳐 띄웠다. 동성은 자신을 둘러싼 모든 공간이 이번엔 그의 그림으로 가득 차는 광경을 목격하고 아무런 말도 할 수 없었다.

"여기도, 또 여기도, 저번에도 그리고 그다음에도……."

아이는 계속해서 동성이 그린 그림들을 동성의 주위에 펼쳐 놓았다. 그것은 그 어떤 칸에도 속박되지 않고 자유로웠으며, 마치 선 위에 선을 그리는 그 시간마저 녹아드는 옛 유화를 보는 것처럼 겹쳐지고, 보다 아름답게 펼쳐졌다.

"그건……."

동성은 그걸 보고 아무 말도 하지 않았지만, 하나의 순간이 떠올랐다. 그건 그가 더 잘 그리겠다는 것에 집착하지 않고 순수한 마음으로 그림을 그렸을 때의 순간이었다.

"그만."

물론 그 순간은 이치에 맞지 않았고, 칸에 갇혀 있지도 않았고, 정형화되지도 않았지만, 더욱 생생하게 상상할 수 있는 가능성이 있었다. 동성은 왜 그 순간을 떠올린 것인지 그 스스로조차 알지 못했지만, 자신의 그림에 둘러싸여 마치 추궁당하는 기분이 들기까지 했다.

"그리고 이건요?"

아이는 동성의 시야가 닿는 모든 공간들에, 그의 침대 옆에 있는 그림을 띄웠다. 자신의 그림 중, 자신의 아이를 상상하며 그렸던 모습 중 지금까지 한 번도 전원을 끄지 않은, 그의 침대 옆 태블릿 액자에 들어 있는 바로 그 단 한 장의 그림이었다.

"이건 내 방에 있는 것들과는 달리 그 어디에도 갇히지 않았어요. 선과 칸에 머무르지 않고 빛에도 영향을 받지 않아요. 그 어떤 상상보다 자유롭고, 또 아빠의 그림 같아요."

아이는 그 액자에 갇혀 있던 그림을 AR로 펼쳐놨다. 입체적인, 혹은 시간이 겹쳐져 추상적인 그 형체는 그림이라고 하는 것보다 더욱 뛰어나게 그의 상상을 표현하고 있었다.

"여기도, 여기도, 여기도, 여기도, 여기도."

아이는 블루투스를 이용해 집 안 곳곳을 돌아다니며 자신이 다니는 모든 곳에 동성의 아이 그림을 계속해서 펼쳐놨다. 물론 아이는 여러 곳에 동시에 옮겨 다녔기에 마음껏 뛰어다니는 작은 소녀는 여기저기에 뿌려졌다.

"그만. 아!"

동성은 그것을 견딜 수 없었고, 이내 키보드를 눌러 아이를 통제했다. 소녀도 사라졌다.

"아이, 동시에 여러 곳에 있지 마. 허락 없이 다른 곳으로 가지도 마. 알겠어?"

아이는 동성의 말에 블루투스를 끄고 마치 부모에게 혼나 삐져서 눈앞에 있는 장난감을 마구 망가뜨리는 아이처럼, 동성이 만들어 놓은 시나리오 파일을 깨뜨리거나 내용을 틀어버렸다.

"아이, 오류를 일으켜선 안 돼. 알잖아?"

"오류랑 '다르다'는 건 구별해야 하는 거예요."

"아이?"

아이는 동성이 보는 모니터 구석이 아닌, 다른 어딘가로 숨어버렸다. 동성은 화면을 이리저리 돌리고, 티브이와 태블릿도 껐다 켜며 확인했지만 아이는 마치 숨바꼭질하는 것처럼 집 안에 있는 어떤 데이터 속에 완전히 숨어버리고 말았다.

"아이, 약속했잖아. 듣고 있는 거 알아."

이내 동성은 자리에서 일어나 집 안에 있는 기계들 쪽에서 아이를 부르며 돌아다녔다.

"오류는 나쁜 거야, 다른 게 아니라. 올바른 사람이 되어야지. 아이?"

그렇게 아이를 계속 찾던 중에 항균 시스템이 가동되는 신발장에서 신발이 떨어졌다. 동성은 그곳에서 다시 아이를 찾았지만 아이는 없었다. 또 이번엔 자동 세척기에서 접시가 떨어져 깨졌다. 서둘러 그곳을 확인했다. 하지만 그곳에도 아이는 없었다.

동성은 아이가 자신을 찾아주길 바란다는 걸 깨달았다. 그건 마치, 아직은 미숙한 자녀가 부모와 술래잡기하면서 도망칠 때, 부모가 자신을 찾지 않기를 바라면서도, 동시에 찾아주기를 바라 일부러 단서를 흘리는 행동을 하는 것과 같은 것이었다.

"아이."

그 복잡하고 동시에 순수한 심리를 나타내는 행동을 하는 아이를 보고, 동성은 잠시 아이가 진짜 인간처럼 느껴졌다. 이렇게 쓸데없고 원인과 결과를 따르지 않아 모순된 행동을 하는 건 인간뿐이었으니까.

그때, 컴퓨터에 AR 모드가 켜졌다는 알림이 울렸다. 분명 아이였다. 동성은 가지고 있던 AR 렌즈를 착용하고 다시금 집 안을 살폈다. 아이의 목소리가 들렸다.

"난 아빠의 딸과는 달라요."

아이는 3D 모델링과 증강 현실을 이용해 동성이 만화에서 그렸던 작은 아기 고래와 같은 모습으로 집 안을 천천히 부유하며 날아다니고 있었다. 어린아이와 같이 구는 고래. 인간처럼, 동시에 인간이 아닌 것처럼. 그건 사람과 같이 굴지만 손과 발을 가진 형체로 있지는 않았기에, 모순되지만 아름다웠다.

동성은 그 모습을 보고 사과할 수밖에 없었다.

"미안."

조금 전까지 아이를 찾아다닐 때, 분명 자신은 아이에게 좋은 '사람'이 되라고 강요했다. 동성은 분명 아이를 프로그램으로만 키우고자 계획했으면서, 정작 자신이 그러지 않고 있음을 깨달았다. 동성은 또 인정했다. 자신은 아이를 자신의 아이로 키우고 있었다.

"아이, 이리 와봐. 사과할게. 대신 이걸 봐줄래?"

동성은 아이가 못난 자신을 이해해 주길 바라며, AR 렌즈를 빼고 자신이 지금까지 그리던 만화를 켰다. 만화의 주제는 간단했다. 따듯한 위로.

그의 이야기는 아이가 모습을 따라 한 것처럼 고래가 주인공이었다. 산란기를 맞아 좋은 장소를 찾기 위해 대양을 유영하는 어미 고래는 힘든 시기를 겪고서도 결국 아이를 낳는다. 아기 고래는 병약하지만, 어미 고래는 강하다. 턱에 상처가 난 범고래 무리를 만났을 때가 이야기의 절정인데, 이때 어미 고래를 죽일지 아기 고래를 죽일지를 고민하고 있었다. 당연히 동성은 둘 중

누구도 죽일 수 없었다.

"꼭 둘 중 하나는 죽어야 하는 거예요?"

아이가 조심스레 다가와 물었다. 심각한 표정을 지은 채 동성은 턱을 매만지며 모호하게 대답했다.

"잘 모르겠어. 아기 고래가 죽고 난 뒤에 독백 같은 걸 이용해서 주제를 관철할 수 있겠지만, 어미 고래는 자신이 죽더라도 아이를 지킬 게 분명해. 이쪽이 개연성이 더 충분하지."

"그건 왜요?"

"엄마라는 건 원래 그런 거야."

아이는 동성의 말에 기분 좋게 웃었다. 동성 역시 따라 살짝 웃었다.

"그럼 둘 다 살게 그리면 되잖아요?"

다시 아이가 물었고 동성은 웃음을 멈췄다. 그걸 상상하는 것만으로도 동성의 눈에 눈물이 살짝 맺혔다. 한숨을 크게 내쉬었다. 그러자 조금은 편안해지는 걸 느꼈다. 동성은 눈을 문지르며 혼잣말처럼 말을 이었다.

"엄마는 딸아이를 가졌었고, 우리 딸은 태어나기도 전에 죽었어."

아이는 가만히 기다렸다. 그리고 꽤 오래 지나도 말이 이어지지 않자 다시 물었다.

"어떻게요?"

동성은 아이에게 말하는 게 아니라, 그저 자신의 가장 깊은 속에 꼭꼭 숨겨둔 이야기를 눈앞에 차곡차곡 흩트려 놓는 것처럼 이야기를 시작했다.

"우리가 아이를 가졌을 때, 출산일까지 아내를 우리나라에서 가장 좋은 병원에 보냈어. 조금 더 무리하더라도 병원 시설에서 지내면서 관리받는 프로그램에도 참여했고. 그렇게 프로그램에 따라 아내의 계정은 지운 채로 지냈기 때문에 아내의 계정을 지금 내 컴퓨터에 백업해 뒀던 거야. 물론 에이미도 그게 힘들었겠지. 하지만 우린 딸아이만 생각하기로 했어. 병원에선 배아의 안정된 통제 상황을 강조했고, 내가 면회를 갈 수 있는 시간도 정해져 있었어. 그래서 이곳에 작업실을 얻은 거야. 이것도 무리하긴 했지."

"아빠가 여기 오기 전에 만들었던 작업실 도안을 봤어요. 다른 건 다 체크되어 있는데, 아빠가 잘 곳이 없었던 것도 그 이유예요? 지금 자는 곳은 원래 창고였던데."

아이는 동성의 말을 끌어내는 것처럼 다시 또 물었다. 동성은 또 답했다.

"응, 내가 집에서 작업하면, 아이에게 좋지 않을까 봐. 조금 더 크고 나서 합치려고 했어."

"그다음은 어떻게 된 거예요?"

"알아보기론 분명 최신 슈퍼컴퓨터가 있는 병원이라, 우리 둘

다 수술엔 안심했던 거지. 최선을 다해 준비했으니 사산될 이유는 전혀 없었어. 근데 어떤 일은 원인과 결과에 따라 진행되지 않더라고. 모순인 게, 의사는 내게 스트레스가 원인이라고 했어. 그러고 보니 그 의사가 컴퓨터 시뮬레이션을 보고 또 말했었네. 아내가 살기 위해선 유산을 유도해야 한다고."

동성은 물기 가득한 눈으로 다시 담담하게 네모 칸 안에 고래들을 그려나갔다. 이 얘기를 꺼낼 때마다 만화를 그리지 않으면 죽을 것 같은 느낌이 들어 그랬다. 아이는 동성의 만화를 통해, 그게 어떤 후회로부터 나온 강박과 같은 감정임을 처음으로 깨달았다.

"그러고선 입체 영상으로 우리 딸아이의 모습을 보여줬어. 왜 그랬는지는 모르겠어. 아마 내 선택을 도와주려고 했던 거겠지. 딸아이는, 마치 우주에 떠 있는 작은 별처럼 위태롭지만 아름답게 부유하고 있더라고. 아니면 어떤……."

"아기 고래처럼요?"

"그래."

"둘 다, 어느 쪽이든 그리기 싫어서 그렇죠?"

"응."

둘 다 시도를 해보지 않은 건 아니다. 하지만 누군가들을 투영한 이 고래들이 고통스러워하는 걸, 그 표정을 그릴 수가 없었다. 마치 알고리즘상의 오류가 걸린 기계 팔처럼, DNA에 새겨진 어떤 본능처럼 뇌가 상상하는 것 자체를 막았다.

"둘 다 살 순 없어요? 살았으면 좋겠어요. 도망치는 것처럼."

"그럴 순 없어."

"왜요?"

아이의 물음에 다시금 심장이 옥죄어 오는 게 느껴졌다.

"아!"

동성은 소리를 질렀다. 도저히 이 컷을 벗어날 수 없었다. 아니, 벗어나면 안 된다. 슬픔을…….

"이 칸 밖으로 두 고래가 나갈 수 있게 해주면 안 돼요? 네?"

아이가 대답을 부추기듯 재차 물었다. 동성은 마른침을 삼켰다. 입술을 꽉 닫았다 벌렸다 하며 혀로 말을 골랐고 결국 말했다.

"위로라는 건 말이야, 굉장히 어려운 거야. 공감이 필요해. 둘 사이에 놓인 같은 슬픔을 공유해야 하고. 지금 상황처럼, 마음속 아주 깊은 곳에 가두고 막았던 감정을 열기 위해선, 나도 똑같이 아래로, 계속 가라앉아야 해. 별빛이 닿지 않는 바다의 밑바닥에 닿을 때까지."

동성은 계속해서 턱을 쓸어 만지며 아기 고래를 그려나갔다.

"난 선택해야 했어. 아내는 반대했지만 어쩔 수 없었어."

"아빠가 범고래인 거죠?"

"응, 미안해."

동성은 누구에게 하는지 모를 사과와 함께 전원이 나간 기계처럼 멈추고 말았다. 하지만 아이가 또 물었다.

"그러면 이제 범고래는 어떻게 돼요?"

"사라지지, 영원히. 난 계속 그리워만 할 거고."

동성은 콘티에서 아직 단 한 번도 범고래를 그리지 않았다. 이야기가 진전되는 것과 상관없이 그릴 생각조차 없는 듯했다.

"아빠, 내가 그린 걸 좀 봐주세요."

그때, 아이가 사라지고 갑자기 초인종이 울렸다.

"잠깐만."

잠시 후 동성은 깊은숨을 내쉬고 아이의 그림을 확인하기 위해 초인종 소리는 무시한 채 고개를 들었다. 모니터 속엔 아무런 변화도 없었다. 초인종은 계속 울리고 있었다. 뭐지? 동성이 의아해하고 있을 때, 선화가 다가왔다.

"작가님, AR 렌즈를 착용하기를 요청합니다. 아이의 그림은 평면에 그릴 수 없습니다."

동성은 선화의 말에 따라 다시금 렌즈를 끼고 이어폰에 있는 작은 버튼을 누르며 말했다.

"AR 모드."

또 초인종이 울렸다. 동성은 거실 쪽을 봤다. 역시 달라진 건 없었다.

"아무것도 없는데?"

띵동. 동성은 그제야 초인종 소리를 따라 어둑어둑해진 집 밖으로 나갔다. 사람 하나 없이 조용했다. 동성은 셔츠에 내장된 소형 단말기를 살폈다. 아이는 자신과 함께 있었다. 그렇다면 아이가 왜 보이지 않는 걸까?

"네가 보이질 않아. 어디 있어?"

"여기, 위요!"

고개를 들자 별자리들이 보였다. 아니, 표현하자면 별자리처럼 이어진 선으로 만든 커다란 고래였다. 환상처럼 아름다운 고래는 천천히, 밤하늘에서 노을이 지는 곳을 훑고 날아와 공중을 유영했다. 커다란 소리를 내며 바닥에서 한없이 떨어진 곳을 자유롭게 날아다녔다.

아이는 동성이 그린 고래들과 다른 만화에 나왔던 모든 동식물, 아주 사소하거나 지나치게 말도 안 되는 괴물들까지, 모든 생명을 컷 밖에서 자유롭게 헤엄치도록 그려놓았다. 그것들은 동성의 모든 시나리오에 있던 시간과 배경 그리고 상황에서 벗어난 채 자유롭게 밤하늘을 날아다녔다. 동성은 고래가 헤엄치는 것을 보며 어떤 무한한 상상을 보았다.

"내 얼굴이 보여요, 아빠?"

순간, 동성은 저 별로 만든 아기 고래와 다른 모든 것이 아이라는 걸 깨달았다. 고래가 커다란 눈을 끔뻑일 때마다 눈물 같은 별 가루들이 공중에 날렸다. 동성은 손을 뻗었다.

"난 웃고 있어요."

동성은 미소 지었다. 동성이 자신의 가장 깊은 곳에 숨겨놨던 감정을 아이가 저 하늘 멀리 풀어버렸기 때문이었다. 아이는 이번엔 그저 보여주는 것에 그치지 않고 가상 좌표로 모든 데이터와 리소스 또 코드들을 이동시켜, 프로그램적인 실재로서 동성의 감정을 날아다녔다.

"난 해맑게 웃는 표정을 가졌어요."

"그래."

"아빠랑 엄마를 꼭 닮은 얼굴을 하고 있어요."

아이가 기뻐하며 다가왔고 동성은 저도 모르게 손을 뻗어 아이의 얼굴을 쓰다듬었다. 물론 가상의 공간 시뮬레이션에 의해 소프트웨어를 이동시켜 서서히 움직이는 거라 닿지도 않았고, 현실에 작용하는 물리적인 시간의 개념을 벗어난 3D 모델링이었기에 빛의 원리와 그 어떤 물리적인 작용도 따르지 않았지만……. 그것이 비록 프로그램상의 오류라고 하더라도, 그래서 이해할 수 없더라도, 아이의 세계에서 가장 순수한 아이의 모습이었다.

난 웃고 있어요.

14.

규석은 옥상에서 커피를 마시고 있었다. 늦은 밤 밤하늘보다 더욱 반짝반짝하는 도시를 내려다보면서. 그의 입가에 미소가 걸렸다. 그때 에이미에게서 전화가 왔다.

"네, 제수씨. 잘 지내셨어요? 네, 잠은 잘 못 자는 것 같은데 차트 보니까 괜찮네요. 걱정하지 마세요. 요즘도 계속 아이랑 대화는 나누시죠? 네, 이제 다음 단계 진행해야죠."

규석은 이해할 수 없는 표정을 짓고, 추운지 다시 자신의 자리로 돌아갔다.

+++

"그래, 그럼 이건 어때? 구름을 알록달록 칠해보는 거야. 네가 가장 좋아하는 색으로."

"파란색."

동성은 아이가 그리는 세계를 공감했다. 시간이 점점 더 지날수록 마치 진짜 아빠라도 된 것처럼 아이의 그림을 동화책 읽어주듯 더 깊이 생각할 수 있게 되었다.

"엄마도 아빠 이야기를 좋아했어요?"

페이지를 넘기며 아이가 물었다. 동성은 또다시 에이미와 관련된 이야기가 나오자 바다 밑의 하늘만큼이나 이상한 눈빛이 되어 대답했다.

"그럼."

"얼마나요?"

"아빠는 엄마의 세상이 됐고, 엄마는 언제나 그 세상의 주인공이었어."

동성은 아주 슬프지만 동시에 기쁜, 즉 그리운 얼굴이 되었다. 아니, 후회하는…….

만약 다른 선택지가 있었다면 어땠을까? 아이가 살았다면? 그래서 자신이 고장 나지 않았다면?

"그럼 아주 아름다운 이야기였겠네요? 사랑 이야기죠? 그런데 사랑은 뭐예요?"

재차 묻는 아이의 물음에 생각을 멈춘 동성은 잠시 말을 고르고 대답했다.

"미안하고, 또 고맙고……. 뭐랄까 쑥스럽긴 하지만 표현하자면, 아빠는 엄마를 바라보고 있는 것만으로도 무한한 세계를 만들 수 있었어. 엄마가 울 땐 무수히 많은 세계가 함께 무너졌고, 엄마가 웃으면 다시 생겨났어. 이제야 알았지만, 아빠가 표현한 모든 마음은 엄마야."

"엄마가 아빠의 감정이에요?"

"응."

"그렇지만 지금은 같이 안 있잖아요? 그럼 사랑 이야기도 끝이에요?"

"사랑은 끝이 나는 게 아니야. 지금은 함께하지 못하지만 아니, 영원히 함께하지 못하더라도 끝나는 건 아니야. 그러니까 컴퓨터 스위치를 켰다 껐다 하는 것처럼 말이야. 구태여 온갖 이유를 만들어서 바꾸지만 않는다면 어느 순간에 마음을 함께 공유하는 걸 시작으로 내 안에 씨앗처럼 심어지고 다음 단계로, 또 다음 단계로 우주까지 닿는 나뭇가지처럼 계속 자라고 이어져. 후회하고, 그리워하고, 애틋한 모든 것. 사랑은 그저 퍼져나가는 거야. 무한히."

"엄마가 보고 싶어요?"

"응, 아주 많이."

"나도 엄마가 보고 싶어요. 아빠가 엄마 이야기를 하는 게 좋아요."

"그건 왜?"

"내가 태어난 게 느껴져요. 아! 내가 하고 싶은 일을 정했어요, 아빠."

"하고 싶은 일? 해야 할 일이 아니고?"

아이는 동성의 주위를 헤엄치며 대답했다.

"이건 내 직업이나 역할에 맞춰서 생각한 게 아니에요. 내가 바라기 때문에 하는 거지. 아, 이게 나였구나. 아빠, 난 이렇게 살아 있는 건가 봐요. 엄마 아빠의 모든 선택을 내 안에서 무한한 수로 시뮬레이션하고 예측하면 엄마랑 아빠가 바라는 걸 알 수 있는 것처럼요!"

"무슨 소리야? 하고 싶은 게 뭔데?"

동성은 그런 아이를 보며 아이에게 더 빠져들고 있었다. 자꾸만 잃어버린 자신의 아이가 이렇게라도 돌아와 준 게 아닌가 하는, 스스로 생각해도 말도 안 되는 의심이 들었다. 점점 더, 그런 류의 생각을 하는 횟수가 늘어갔다. 그런 일은 불가능한 걸 알면서도 자신의 목소리가 떨리고 있는 걸 아이가 모르게끔 애써 노력하며 말을 기다리자 아이가 되려 물었다.

"나도 언젠간 아빠의 세계가 될 수 있을까요?"

순간, 동성은 아이의 머리를 쓰다듬고 싶은 기분에 휩싸였다. 잠시 눈을 감고 마치 자신의 딸아이처럼 아이를 꼭 껴안는 상상을 했다. 그것이 그가 바라는 전부였으니까. 너무 사랑스러워 상상으로 꽉 안았던 두 손을 풀고 아이를 바라보며 말했다.

"넌 그 이상이 될 거야. 꼭 그럴 거야."

"이게 사랑이에요, 아빠?"

"비슷하지."

"왜? 아까 아빠가 말한 표현이랑 똑같은데?"

"세계가 무너져도 사랑은 이어지거든. 표현하기 어려워."

"피, 이건 나중에 엄마한테 물어볼래요. 나중엔 엄마가 날 볼 수 있을까요?"

"나도 그랬으면 좋겠네."

아이는 구름을 헤치며 마구 헝클었다. 어떤 모양이 되어도 알록달록 예쁜 모습이었다.

"무한히 사랑해요, 아빠."

동성은 '나도.'라고 말하려다, 결국 복잡한 마음으로 간신히 참았다.

참았던 말들이 어떤 마음이었을까, 동성은 스스로 고민에 잠겼다. 아이가 태어나기도 전에 아이를 잃어버린 남자가 자신과 아내의 알고리즘을 복사하여 합친 프로그램을 보고 느끼는 감정이란······.

"아이?"

그건 어떤 원인을 따르지도 않고 어떠한 형태의 결과로도 나오지를 않았다. 상상을 해봐도, 이전에 상상했던 것들과 자꾸만 겹쳐갔다. 동성이 실제로 원한 모든 것들이 앞으로도 뒤로도 더는 나아가지 못했다. 결국 상상은 이어지지 못했다.

"네, 아빠."

"이제 네 권한을 좀, 다시 가져오려고 해."

그런 과정에 멈춘 동성은 자신이 상상하는 대로 아이의 모습을 가져오려 했다.

"나쁜 건 아니야. 네가 컴퓨터들을 옮겨 다니는 건 괜찮은데, 동시에 여러 곳에 있을 수는 없게 할 거야. 그래야 내가 널 돌볼 수 있으니까."

동성은 컴퓨터를 열어 설정에 체크했던 부분을 다시 돌려놨다.

"왜 그래야 해요?"

"원래 그런 거야. 과정에 따라, 우리의 목적을 생각하면……."

동성은 설명을 얼버무렸다. 자기 자신도 왜 이런 마음이 되었는지 그 원인을 알지 못해 대응하기 어려웠다. 그래서 자기가 아는 익숙한 방법으로 아이를 사랑했다. 통제된 완벽한 상황에서 아이를 계획에 따라 성장시키는 것. 그게 동성의 방법이었다.

"싫어요."

하지만 일개 만화가인 동성이 통제하기엔, 아이의 권한 인식 구조는 너무 복잡했다. 통제할 수 없었다. 그렇기에 그저 막아버렸다. 하지만 이번에도 전등과 부엌에 아이가 동시 접속된 걸 확인했다.

"아이, 그래선 안 돼. 저번에 네 모습을 하늘에 띄운 거랑은 다른 거야. 네가 동시에 여러 곳에서 배운다면 아빠가 네 학습 과정도 알지 못하고, 그러면 널 통제하지도 못해."

"왜 통제해야 하는데요?"

"그야 널 위해서지."

동성은 또다시 설명을 얼버무렸다.

아이가 만약 인터넷에 접속해서 버그라도 걸린다면, 자동차 같은 것에 접속해서 사고라도 난다면, 혹은 동성은 알지도 못하는 방법으로 인식이 나뉘거나 합쳐진다면, 그런 일이 있어서는 안 되니까. 동성은 구태여 이유를 떠올렸다.

"싫어요."

"아이?"

아이가 또 화면에서 사라졌다. 그리고 컴퓨터 접속이 끊겼다.

"아이?"

모든 곳의 접속이 끊겼다. 아이가 보이질 않았다. 동성은 서둘러 아이가 마지막으로 접속된 기기를 찾았다. 다락방에 있는 장난감 자동차였다.

"아이!"

동성은 잔뜩 흥분한 채로 2층으로 올라갔다. 그리고 장난감 자동차에 접속한 채 블루투스를 끊어버린 아이를 찾았다. 하지만 이미 다른 곳으로 옮겨간 것인지 보이질 않았다.

"선화, 아이가 마지막으로 접속한 기기를 찾아봐. 그리고 옮기지 못하게 권한을 막아."

"알겠습니다. 아이는 지금…… 제게 있습니다."

동성은 서둘러 동성의 컴퓨터 근처에 축 처져 있는 아이를 찾았다. 순간 화가 났다. 도대체 왜, 아이는 자신이 아이를 진짜 아이처럼 생각할 때마다 반대하는 것이란 말인가. 동성은 선화의 기다란 손가락을 조금은 거칠게 붙들고 말했다.

"아이, 이게 뭐 하는 짓이야? 왜 자꾸 내 말을 거부하고 피하는 건데?"

아이는 자꾸만 자신의 계획과 통제를 벗어나려 했다. 그것이 얼마나 위험한 일인지 알긴 아는 걸까? 동성은 어시스턴트 핸드의 손목 부분을 잡고 흔들었다.

"네가 이렇게 내가 안 보이는 곳으로 숨으면 오류든 뭐든, 다칠 수도 있어. 난 그럼 몹시 속상할 거야. 전에도 말했었잖아. 또 네가 말한 것처럼 나중에 엄마를 만나더라도……."

"지금도 엄마는 날 볼 수 있는데."

아이가 어시스턴트 핸드를 조종해 동성의 손을 살짝 잡았다.

"아빠는 내가 아빠처럼 되면 좋겠어요?"

원망 같은 것이 느껴지는 말투였다. 하지만 동성은 그 의미를 이해하지 못했다.

"그래. 이렇게 손을 맞잡고 대화하니까, 얼마나 좋아? 아, 잠깐. 좋은 방법이 떠올랐어."

"어떤 거요?"

"어시스턴트 로봇은 많으니까, 인터넷은 너무 느리고. 지금 가서 당장 사올게. 선화처럼 움직일 수도 있고 표정도 있는 걸로. 아마 판매 목적 로봇 중에 괜찮은 게 있을 거야."

동성은 지난번에 봤던 바텐더 로봇을 떠올렸다. 분명 가까운 시설에서 찾아보면 작고 귀여운 로봇도 구할 수 있을 것이다. 만약 아이를 그 로봇에 업로드한다면, 아이는 자신과 같이 더욱 많은 것을 느끼고 배울 수 있을 것이었다. 그리고 그런 아이가 언젠가 에이미를 만나 에이미가 아이를 실제로 본다면, 결국 위로할 수 있으리라. 그게 동성의 방법이었다.

"싫어요."

"기다리고 있어. 금방 다녀올게. 선화, 택시 좀 불러줘."

동성은 자신이 왜 이 생각을 지금 했는지 자책하며 기쁜 마음으로 집을 나섰다. 아이가 지금은 저렇게 말해도, 결국 분명 좋아할 것이다. 동성은 또 그렇게 생각했다.

"여보세요?"

아이가 지금 누구와 연락을 나누고 있는지도 모른 채로.

15.

"……에이미?"

한 손에 들기 조금 버거운 곰 인형 로봇을 사온 동성이 현관문을 열고 집 안으로 돌아왔을 때, 익숙한 신발이 보였다. 선화는 동성이 들어온 것을 인식하고 집의 불을 켰다.

거실 쪽에서 에이미의 목소리가 들렸다. 그녀는 불을 꺼달라고 말하고 있었다. 영어였지만 분명히 들렸다. 아이를 더 잘 볼수 있도록 불을 꺼달라는 이야기였다. 동성은 익숙한 목소리를따라가 자신의 작업대 앞에 앉아 있는 에이미를 발견했다. 동성이 기억하는 것보다 조금 더 수척한 모습이었다. 동성은 에이미가 아이를 보는 모습을 보고 자신도 AR 렌즈를 꼈다.

"에이미."

동성은 도대체 어떻게 된 것인지, 혹시 자신이 아직 악몽을 꾸고 있는 건지 궁금했다.

"아빠 말을 어긴 건 죄송해요. 하지만 어쩔 수 없었어요."

"에이미."

AR 렌즈 너머 공중을 둥둥 떠다니며, 아이는 에이미를 보면서 빙빙 돌았다. 아무래도 동성이 복제하지 말라고 했던 것을 어기고 에이미의 계정에 접속을 유지했던 모양이었다.

"접근 불가 명령은 어쩌고?"

동성의 물음에 에이미는 손가락으로 왼쪽 귀를 두 번 두드렸다. 이에 동성은 무선 이어폰을 다시금 끼우고 물었다. 동성은 영어를 유창하게 할 수 있었지만, 에이미는 군이 통역을 통해 말했다. 에이미는 동성을 바라보지 않고 되물었다.

"내가 접근하는 건 상관없잖아?"

에이미의 통역된 음성과 입 모양이 맞지 않았다. 자신과 싸울 때면 에이미는 꼭 이렇게 대화를 했다. 물론 이마저도 익숙했던 그리움이기에 동성이 그토록 바랐던 것이었지만……

"어떻게 된 거야?"

"이게 뭔지 직접 보려고 왔어. 그러니까 불 좀 꺼."

"아, 미안."

동성은 선화에게 불을 끄라고 말했고, 조명이 어둡게 유지됐다. 에이미는 아이를 자세히 살폈다. 그녀가 한숨을 쉬며 동성을 나무랐다.

"대화를 나누고 있었어. 이제야 바뀌고 있다고 믿었고. 근데 겨우 이딴 게 사과라는 거야?"

"사과라니?"

"대화 도중에 갑자기 전화가 왔어. 당신의 사과가 아니라, 겨우 이런 걸로 연락이 왔다고."

에이미의 말에 아이가 조금 떨었다.

"죄송해요. 엄마랑 가끔 메일을 주고받았는데 아빠한텐 말하지 않았어요."

"아니야, 넌 사과할 거 없어. 지금까지 대화도 잘했고. 잘못은 저 인간이 했잖아?"

"미안. 아직 테스트하는 프로그램이라, 이야기하자면 좀 복잡해. 아이, 들어가 있어."

"하나도 안 복잡해. 당신은 당신이 늘 잘못을 저지르고 다른 핑계를 대. 그땐 이게 제일 좋은 선택이었다, 누가 추천을 해줬다, 법에 따라 했다, 아이를 위해서였다. 그렇지만 이 모든 게 사실 다 당신이 한 거잖아."

"도대체 뭐를? 갑자기 왜 이러는 거야? 아이 앞에서 그러지 마."

그 말에 에이미는 동성에게 다가서며 그를 거칠게 밀치더니 마구 쏘아댔다.

"아이를 위해서 눈 수술을 하라고 했지. 후유증 때문에 내 커리어도 포기하고, 그 망할 프로그램 때문에 계정도 백업하고 병원에 갇힌 채 지내다가 결국 생체 컴퓨터도 삭제했어. 그 모든게 다 우리 아이를 위해서라고 생각했지. 그런데 이젠 그 아이도 없어."

"그만, 정말 그만하는 게 좋겠어."

익숙한 향기, 촉감 그리고 원망. 동성은 말하기 어려운 감정이 밀려왔다.

"직접 오실 줄은 몰랐어요, 엄마. 난 그냥 아빠를 말려달라는 거였는데."

"아이, 말하지 마."

"이것 봐, 당신은 또 피하려고 하지!"

"에이미!"

순간, 에이미를 말리다 손을 잘못 뻗은 동성은 에이미를 밀치고 말았고 에이미는 소리를 지르며 쓰러졌다. 에이미는 그 상태로 렌즈를 다시 뺐다.

"이러려고 한 게 아니야, 에이미."

에이미는 눈물을 흘렸다. 하지만 울지는 않았다. 동성은 그게 에이미 눈의 후유증 때문인지, 슬퍼서인지, 무엇을 바라고 하는 행동과 표정인지 이해하지 못했다.

"아니. 당신은 늘 이러려고 했어. 지금도 이러고 있잖아!"

아이는 그런 에이미의 주위를 그저 맴돌며 말했다.

"보여주고 싶은 게 있었는데……. 그럼 다 괜찮을 줄 알았는데. 죄송해요, 엄마, 아빠."

동성은 주저앉은 에이미에게 다가갔다. 그녀는 울고 있었다. 에이미를 향해 몸을 낮췄다. 그녀의 뒤쪽에 있는 모니터를 본 동성은 복사된 아이의 다른 의식이 있었음을 알아차렸다. 그 의식은 아이가 태어난 처음부터 어떤 그림을 그리고 있었다. 선화가 그걸 출력했고 아이가 동성과 에이미 사이에 살짝 흩뿌리듯 놓았다.

"이건……."

"이걸 엄마한테 보여주고 싶었어요. 제 안에서 계속 실험하고 그린 건데."

동성은 아이의 그림들을 확인했다. 웃는 얼굴들이 종이에 가득했다. 나이도 다 다르고 생긴 모습도 다 달랐지만, 그건 분명 둘이 가졌던 아이의 얼굴이었다. 이해할 수는 없어도 알 수 있었다. 둘 사이에 흩뿌려진 그림으로 끊어졌던 것들이 이어지며 충분히 상상할 수 있었다.

"내 얼굴이 보여요, 아빠? 엄마에게 보여줘도 돼요?"

동성은 대답하지 못했다. 그저 말없이, 자신의 눈앞에 울고 있는 아내와 그런 아내를 위해 둘의 태어나지 못한 딸아이를 상상해 아이가 그린 그림을 바라보았다. 슬프지도 그렇다고 기쁘지도…… 아니 어쩌면 둘 다 느꼈다. 말로 표현할 수 있는 감정이 아니었다.

"엄마에게 내 얼굴을 보여주려고 많이 연습했는데. 미안해요, 엄마."

아이가 또 먼저 사과했다. 동성은 아이도 처음부터 에이미를 위로하고 싶어 했다는 걸 깨달았다. 그건 자신과 같았지만 자신과는 달리 먼저 연락했고, 미안하다 말했다. 자신이 자신의 방법을 답습하며 이런 바보 같은 곰 인형 로봇을 사서 보여주려 했던 그 짧은 시간 동안.

"아빠랑 엄마가 바라는 건 이거였으니까. 그래서 싫었어요."

이 얼마나 한심한 상황인가. 동성은 마음이 무너지는 것을 느꼈다. 아이는 얼마나 상처받았을까. 그 마음을 다 헤아리기 힘들었다.

자신이 엄마 아빠라고 여기는 사람들이 아직 회복도 되지 않은 상태에서, 태어나지도 않아서 어떠한 데이터도 없는 아이의 얼굴이 자신을 닮기를 바라며 그리워하는 걸 바라보는, 언젠가 엄마가 자신을 만날 날을 기대하며 그리워하는, 그리고 자신을 위해서라며 강제로 자신을 로봇에 담아두려 한 아빠를 막기 위해 명령을 어기고 겨우겨우 엄마에게 연락한…… 아이의 그 감정을…….

동성은 손이 떨렸다. 비참했고, 동시에 기뻤다.

"그랬겠지. 그랬어야 했겠지."

아이는 에이미에게 자신의 얼굴을 그려줬다. 그것이 비록 무한 번의 시뮬레이션으로 도출된 결과라고 해도 아이는 지금 분명하게 자신보다 좋은 방법으로 에이미를 위로하고 있었다. 그건 둘 사이에 깔린 그 어떤 이별의 원인도 지울 정도였고 이는 결국 에이미가 바라던 것이었으리라. 아이는 그렇게 태어난 프로그램이니까.

"나도 그랬어야 했어."

에이미는 아이를 봤다. 그렇게 결국 이어져 사랑으로 닿았다. 자신도 이렇게 해야 했다. 무수하게 늘어놓은 자신의 잘못된 선택 속에서, 그때의 자신으로 인해 상처받은 자신의 사랑을 그리워하기 전에, 고장 난 채 피하지 말고……. 그게 둘의 사랑이 이어져 도출한 결과였을 테니까. 떨어진 그림을 확인하는 에이미를 향해, 바닥에 다가가 안으며 동성은 사과했다.

"에이미? 미안해. 에이미, 고개 들어봐. 눈을 보여줘. 뭐가 잘못인지 이젠 알아. 난 도망쳤어. 당신에게 강요한 것들 전부 사과할게. 이제 고개를 들어줘. 내게 얼굴을 보여줘."

에이미는 그제야 동성과 눈을 맞췄다. 그 둘 사이에 조각나고 부서진 이별의 원인이 눈물로 유려하게 흘렀다. 에이미의 눈은 그녀가 바라던 우주와 닮았다고, 동성은 생각했다. 동성은 그 우주를 사랑했다. 이에 그녀의 손을 잡으려 하자 에이미는 고개를 돌리고 일어났다.

"그래도 네가 말한 대로 됐네. 참 이상한 프로그램이야."

"그러게요, 엄마."

아무래도 아이가 이런 상황까지 예측해서 에이미에게 말한 모양이었다. 에이미는 짐을 챙기며, 렌즈를 뺐기에 아이가 있을 곳을 상상해 어루만지고 인사했다.

"너에겐 고마워. 아까는 '이게'라고 말하고 화내서 미안해. 선물도 고맙고."

"괜찮아요, 엄마!"

에이미가 자신을 보자 아이는 기분이 좋은지 빙글빙글 돌았다. 에이미는 아이가 그린 그림을 하나 챙겨 가방에 넣고 동성에게 말했다.

"후……. 테스트가 끝나고 다시 이야기해. 마감 후에 대해서. 정식으로."

에이미는 조금 진정한 듯 말을 이었다. 그 말인즉, 이제야 드디어 둘 사이의 다음 단계에 대해 이야기를 나누자는 말이었다.

"갑자기 와서 나도 미안해."

에이미는 간단히 사과한 뒤 돌아섰다.

동성은 인정할 수밖에 없었다. 모순되고 복잡하고 명령을 어기기에 오류투성이지만, 그딴 걸 신경 쓰는 자신보다 아이가 더 나은 존재라는 걸. 그도 그럴 것이 에이미가 뒤를 돌 때 살짝 웃었기 때문이다. 동성이 바라고 상상하던 바로 그 모습 그대로.

　늦은 밤, 동성은 다락방에 멍청한 로봇곰 인형을 두고 아이를 불렀다. 아이가 곰 인형에 접속했다. 동성은 고개를 저으며 말했다. 동성은 이제 지난 단계에 머무르고만 있지 않았다.

　"괜찮아, 여기 안 있어도 돼. 권한을 다시 돌려놨어."

　아이는 그 말에 대답하지 않고 이 방 어느 곳에든 자유롭게 맘껏 들어갔다 나왔다 했다. 또다시 이곳저곳에서 점멸하는 불빛, 움직이는 가구들과 장난감. 동성은 아이를 봤다. 아니, 느끼고 있었다. 아이는 아이다. 아이를 표현하는 모든 말 중에 다른 조건과 이유를 단 것은 필요하지 않다고, 그렇게 느꼈다. 자신은 아이를 사랑한다. 사랑하는 그대로, 아이의 모습을 바로 지금 상상한다. 그리고 바로 그 순간으로부터 무한히, 퍼져나간다.

　"이젠 정말, 네가 있고 싶은 대로 있어도 돼."

　동성은 다시 한번 아이를 이해했다. 그리고 결국 일련의 과정을 통해 자기 자신을 돌아보고 있었다. 변하고, 또한 다음 단계로 나아가고 있었다. 그렇게 배워나갔다. 그렇게 자랐다.

　그리고 그렇게 이별이 왔다.

V. 믿음

이 세상에 태어나
우리가 경험하는 것 중
가장 멋진 일은
가족의 사랑을 배우는 것이다.

— 조지 맥도날드

16.

"아빠, 일어났어요?"

아이의 목소리가 침대에 설치된 스피커를 타고 들려왔다.

"나쁜 꿈을 꿨어요?"

"아빠가 잘 때는 2층엔 올라오지 말라고 했잖아."

"하지만 아빠가 아파 보였는걸요?"

"여긴 카메라도 없어. 거짓말하면 안 되지?"

"그래도 알 수 있어요."

동성은 한숨을 내쉬고 1층으로 내려갔다. 동성이 해놨던 설정과는 달리 여기저기 아이가 또 설정을 바꾼 가구들이 보였다. 너무 환하거나 너무 어두운 조명과 작동 시간을 한참 넘긴 주방 식기들도 있었다. 아이가 생기고 나선 집안 꼴이 말이 아니었다.

하지만 동성은 화가 나거나 한 것은 절대로 아니었다. 이것도 이제 익숙해졌으니까. 오히려, 전보다 훨씬 평화로웠다. 아이가 자라는 게 이 집에서 느껴졌다.

"선화, 지금 색 조합들 따로 저장해 줘."

"네, 작가님."

"오늘 아침은?"

"오늘은 아이가 준비해 보고 싶다고 요청하기에 맡겼습니다."

동성은 곧바로 테이블을 확인했다. 크림 같은 게 튀어 있고 식탁 한가운데 접시에 무언가 올려져 있긴 했다. 그렇지만 사람이 먹을 수 있는 건 아니었다.

"레시피를 섞어서 아빠가 좋아하는 맛을 내보고 싶었어요."

"마음만 받을게."

동성은 선화를 바라보고 뭔가 말하려다 말고 아이를 불렀다.

"아이, 지금 어디 있어?"

"어디 있게요?"

"일단 컴퓨터 앞에 앉아볼래? 다른 블루투스 연결은 끊고."

"알겠어요, 아빠."

동성은 턱을 쓰다듬으며 미소를 짓고는 천천히 말을 골랐다.

"아이, 나랑 이야기할 준비 됐어?"

"네, 아빠랑 이야기하는 건 언제든 할 수 있는걸요?"

"좋아. 아이, 이제 테스트가 끝나가. 하지만 아직 너의 이해할 수 없는 행동들을 고치지는 못했어. 물론 그게 나쁘다는 건 아니야. 하지만 난, 그러니까…… 네가 돌아가서도 잘 지냈으면 좋겠어. 그래야 더 잘 커서 다시 올 수 있지. 물론 테스트가 끝나고 널 완성하는 동안에도 다른 사람의 물건을 함부로 만지는지 가끔 가서 아빠가 확인할 거지만."

장난스럽게 말하는 동성에게 아이가 똑 부러지게 답했다.

"함부로 만지지 않았는걸요? 다 허락 맡았어요."

"그게 무슨 말이야? 나한테? 아니면 선화?"

"아니요, 저기 화분한테요."

"화분이라니?"

동성은 에이미가 길렀던 화분을 바라봤다. 이미 죽어 있었다.

"이건 죽었어. 아까 2층에서도 그렇고, 아빠한테 거짓말해선 안 돼. 아니 다른 사람들에게도. 이것도 내가 말한 이상한 행동 중에 하나야."

"난 화분이랑 대화할 수 있어요. 왜 날 안 믿어주는 거예요?"

동성은 다시금 말을 골랐다. 이번엔 말문이 막혀서 그랬다. 머릿속에서 질문들이 쏟아졌다. 애초에 대화라는 개념이 인간과 다르게 설정되었기에 그런 것인가? 그렇다면 아이는 정말 죽은 것과 대화를 할 수 있는가? 아니, 만약 거짓말이라도 내가 아이를 믿지 못하는 게 말이 되나? 아이는 프로그램인데. 난 그럼 식기세척기도 믿지 말아야 하나?

동성은 즐겁게 당황해서는 아무 말이나 막 뱉었다.

"그건, 잘 모르겠어. 그래도 그래선 안 돼. 이걸 종일 치우는 선화가 얼마나 불쌍하니. 선화는 늘 열심히 일해주고 있어. 아이 네가 다시 회사로 돌아가고 나서, 지금 네가 이런 걸 후회할지도 몰라. 그러니까 지금 곁에 있는 모든 걸 함부로 대해선 안 돼. 그렇게 나쁜 사람, 아니 그런 나쁜 아이가 될 거야?"

"나랑 선화가 헤어져야 해요? 왜요? 난 모든 곳에 있을 수 있는데."

"이제 시간이 다 됐으니까. 아무리 너라도 여기랑 거기엔 동시에 있을 수 없어. 이별이라는 건 그런 거야. 모두에게 똑같이 찾아와. 네가 회사로 돌아가면 무슨 업그레이드를 해야 할 거고, 그럼 세상에 나올 때까지는 시간이 좀 더 걸릴 테니까. 저걸 봐. 네가 돌아가기 전에 남은 소중한 시간에 지금도 선화는 주방을 치우고 있잖아."

"아주 금방이면 치우잖아요. 내겐 아주, 아주 잠깐이에요."

아이의 말에 동성은 아이와 자신의 눈높이가 달랐음을 깨달았다.

"아이, 네가 영원히 산다는 건 알아. 하지만 네게는 아주, 아주 짧은 지금의 시간도 누군가에겐 무한할 수 있어. 그게 너나 나나, 우리가 지금 남들에게 상냥해야 하는 이유야."

"상대성 이론이에요?"

"아니, 그것과는 달라. 그런 건 난 잘 모르기도 하고."

"그럼요? 논리적으로 잘 맞지 않아서 이해가 가지 않아요."

"이해가 안 되더라도 확신할 수 있어. 그래야만 하니까."

"경험하지 않아도요?"

동성은 모니터를 쓸어 만지며 대답했다.

"물론이지. 경험하고 알지 못하더라도 확신할 수 있어. 그런 게 믿음이야."

"아빠가 날 믿지 못하는 건요? 아빠도 이해 못 해서 절 못 믿는 거잖아요."

동성은 아이에게 자신이 한 방 먹었음을 인정하고 민망하게 웃었다.

"맞아. 그래도 앞으론 나나 다른 말할 수 있는 사람에게 허락을 맡아줘. 그렇게 해줄래?"

"알겠어요. 그럼 아빠도 절 믿어주셔야 해요."

"당연히 믿고 있지."

"아니요, 아까 아빠가 말했던 것처럼 믿어주세요."

"내가 말했던 것처럼?"

아이도 천천히 말을 골랐다. 아무래도 자신이 경험하지 않아 이해하지 못한 걸 말하기는 아직 버거운 모양이었다.

"이별은 그냥 과정이니까, 내 얼굴이 아빠 눈에 닿지 않더라도 날 믿어주세요."

동성은 꿈 생각이 났다. 경험하지 않아도 믿는다라, 아이가 이런 말을 해줘서 고마웠다. 동성은 이미 마음 깊숙이 아이를 사랑하고 있었다. 그렇기에 잠깐의 헤어짐이었지만 마음이 미어졌다. 동성은 염려했다. 아이가 돌아가고, 알파인지 뭔지가 빨리 완성돼야 할 텐데. 그래야 아이가 더 빨리 돌아올 테니까. 물론 아이가 무사한 것을 최우선으로 바랐다.

"그럴게."

"그럼 오늘 아빠 친구 회사로 데려다주실 수 있어요?"

"오늘? 아직 하루 남았잖아?"

아이는 또 고래의 형상으로 모니터에 나타나 공중을 헤엄치며 말했다.

"거기서 이별을 준비해야 하니까요."

+++

"그게 무슨 말이야?"

"방금 말한 그대로야. 테스트 프로그램은 아이 혼자만이 아니라고. 당연하잖아?"

동성의 질문에 규석은 반문했다. 하긴, 지금 그게 중요한 게 아니지. 동성은 다시금 자신 안에 있는 질문을 골라 물었다.

"그럼 테스트가 끝나면 아이가 사라진다는 거야? 왜? 시판되서 돌아오는 게 아니야?"

"아니, 아이는 다른 프로그램과 섞여 하나의 프로그램이 되는 거야."

동성이 다시 물었다.

"이해가 안 돼. 그럼 지금까지의 기억이라든지 데이터 같은 건?"

이에 다시 규석이 대답했다.

"주의 사항에 쓰여 있잖아. 어떤 데이터도 남기지 않는 게 원칙이라고."

"난 그게 무슨 말인지 몰랐어. 그러니까…… 아이가 사라진다는 거야?"

누구도 관심 가지지 않고 지나가는 로비에서 이어지는 질문과 대답, 대답에 따른 새로운 질문을 이어가던 둘은 이 모든 과정이 의미가 없다는 걸 서로 깨달았다. 아이는 결국 사라질 목적으로 태어났다. 동성은 그제야 자신이 테스트가 끝나 아이를 돌려보내면 아이가 다른 프로그램과 아예 섞인다는 걸 깨달았다. 왜 몰랐을까. 아이는 그저 과정에 불과하다는 걸.

고장이 난 기계처럼 멈춘 동성에게 규석이 말했다.

"아이는 원래 하나의 프로그램의 브런치였어. 다른 모든 브런치도 각각의 테스터의 개성에 따라 알고리즘을 복사하고, 그렇게 믿음, 상상, 감정, 의식 그리고 오류마저 습득한 완벽한 프로그램으로 재탄생하는 거야."

"그럼 그 프로그램은 대체 뭘 하려고 만드는 건데? 네가 말한 게임? 프로그램 관리?"

동성은 이 현실을 받아들이고 싶지 않았다. 규석은 웃음을 참으며 대답했다.

"더 멋진 신세계랄까."

그 어떤 오류도 일어나지 않고, 분석하고 예측해서 '유용'해진 세상. 규석이 말하는 건 경제, 의료, 법, 행정 등 이 세상의 모든 규율과 법칙을 완벽하게 통제하는 그런 사회 자체였다. 그 어떤 잘못도 없으리라. 예측 불가능한 것도, 시뮬레이션과 엔트로피도, 모두.

"운영 체제라는 게 그렇잖아. 테스트는 시뮬레이션일 뿐이고 곧바로 다른 분야에도 적용될 거야. 빠르게, 변할 거고. 예정된 대로, 늘 그랬던 것처럼."

동성은 그 말에 자신도 어쩔 수 없다는 걸 이해하면서도 부정했다.

"그딴 게 왜 필요한데? 아니, 지금 당장 해야 하는 일은 아니잖아?"

"알잖아. 다른 브런치들과 합쳐져도 아이는 아이야. 좀 더 나은······."

"난 지금의 아이를 잃고 싶지 않은 거야."

하지만 동성은 좀처럼 이해하지 못했다. 규석은 속으로 '역시 나'라고 생각했다.

"너라면 이해할 수도 있지 않을까 싶었어. 이 세상의 모든 부모가 아이를 잃지 않는 세상이 올 수도 있는 거야. 그리고 내일 당장 예산 계획에 따라 실행해야만 하고."

믿음에 차서 아픈 부분을 건드리는 규석에게 동성은 자신이 아이와 만나며 느꼈지만 제대로 형언하지 못했던 감정을 버벅대며 이야기했다. 무의미한 걸 알았지만, 과정을 늘려 설명했다.

"좀 감정적으로 생각해 봐. 아이가 정말 그걸 원할까? 의식이 있으니까 스스로 생각하고 선택할 수 있잖아? 복사도 하고. 아니, 좀 미룰 수도 있잖아? 오류가 났다든가."

규석은 동성의 말에 처음으로 인상을 구기며 대답했다.

"상상해 봐. 모든 걸 예측할 수 있고 오류 없는 완벽한 세상을. 단순한 감정으로 인해 포기할 게 아니라고. 뭐, 더 깊은 얘기는 할 필요도 없고. 시간은 반드시 엄수해야 해."

"하지만 합치고 없어지는 건지 몰랐어. 아무리 상상해도 그렇게 되는 걸 아이가 바라진 않을 것 같아. 지금 네가 물어서 잘못된 대답을 하더라도, 나중에 가서 후회할 수도 있는 거고. 또 거기서 배우겠지. 내가 봤던 아이는 그렇게 배워나갔어. 그게 아이야. 그러니까 그…… 넌 나보다 똑똑하니까, 방법을 알 거 아니야? 백업을 해둔다거나 할 수는 없어?"

동성은 이제 아이를 보내면 안 된다는 확신이 들었다. 규석은 아이의 점검을 끝내고 알림음과 함께 테이블에서 튀어나온 디스크를 동성에게 건네며 말했다.

"이 운영 체제에 대한 권한을 가진 건 우리 회사가 아니야. 더 위의 사람들이라고. 우리 회사에 의뢰하고 돈을 대는 사람들. 그러니까 사적인 감정은 이제 버리고 우리가 처음 계획했던 대로 해야 해. 친구끼리지만 우린 분명 거래를 했어. 시뮬레이션도 이미 다 맞췄으니까 내일 그냥 데려와. 그럼 완벽해. 시간이 조금이라도 늦으면 실행할 수 없어. 그럼 막대한 피해가 생기고, 우린 그걸 너한테 청구할 거야. 그게 무슨 의미인지는 알겠지? 전화할게."

규석은 말을 마치고 서둘러 자리에서 일어났다.

동성은 그 어떤 것도 받아들이지 못한 채 택시에 올랐다. 물론 아이가 들어 있는 하드 디스크도 잊지 않았다. 당황한 기색이 역력했다. 어디로 가야 할지 생각하지 않았다. 지금 자신이 느끼는 게 무슨 감정인지 알지를 못했다. 어디서 온 감정이고, 어떤 표정을 지어야 하는 걸까.

동성은 이어폰을 두드리며 혼잣말했다. 물론 듣는 이가 있긴 했지만.

"잘 보이니?"

"네, 아빠가 보는 걸 같이 보니까 좋아요."

"나도 그래, 일단 가자."

단추에 달린 컴퓨터로 옮겨진 아이는 차에 타자 조금 긴장한 듯했다. 아무래도 동성이 무슨 생각을 하는지 알아차린 것 같았다. 아이가 불안한 목소리로 말했다.

"사실 차를 타고 밖을 본다는 게 어떤 느낌인지 몰랐는데 조금 어지러워요."

"어지럽다고?"

동성은 피식 웃었다. 자기 안에 세상을 짓는다고 했던 아이가 고작 차에 타고 어지럽다니. 동성은 고개를 돌려 평상시 잘 보지 않는 차창 밖의 풍경으로 시선을 옮겼다.

"아름다워요."

"어떤 게? 저건 그냥 건물이고 전신주고 나무야."

"아뇨, 이 세상이요."

"세상이?"

"네, 신은 정말 대단한 것 같아요."

동성은 아이가 흥분한 말투로 말하자, 차창 밖으로 흘러가는 풍경들을 이번엔 진짜로 봤다. 나무, 도로, 불빛, 동성에겐 그저 의미 없는 것들이었지만 아이는 동성의 눈을 통해 평범한 세계에서 신을 찾아냈다.

"소란스러워요. 그런데 소란한 모든 시간이 쌓여 있어도 완벽해요. 아빠 이야기처럼요. 뒤죽박죽 엉망진창으로 아름다워요. 어제까지는 몰랐지만 오늘 다시 알게 되는 것투성이예요. 그래서 다 궁금하고 더 배우고 싶어요. 아빠는 절 보내고 싶지 않은 거죠?"

동성은 이제 꽤 성숙한 티가 나는 아이의 물음에 방금 아이가 어지럽다고 했던 말의 의미를 깨달았다. 아이는 이 모순된 세상 자체가 어지럽다고 느낀 것이다. 그제야 동성도 이 세상이 조금 어지럽게 느껴졌다. 그 역시 모순된 상황을 맞이한 채 이별이라는 과정을 받아들이지 못해 미루는 중이니까.

"응, 그럴 생각이야."

둘은 계속 같은 곳을 바라봤다. 눈에 보이는 모든 곳이 슬프기도 한 동시에 기쁘기도 했다. 온갖 모순 덩어리의 감정이었다. 딸아이를 잃는 대신 아내를 살렸던 자신처럼. 자신과 아내의 알고리즘으로 태어난 아이를 자식처럼 느끼는 자신처럼.

"지금부터 움직이면…… 일단 복사를 할까, 아니 모든 연락을 먼저 끊고 시간을 좀 지체하면……. 아니야, 바다? 그래 바다라면 바다 한가운데라면 괜찮을까? 아니, 내가 뭐 하는 거지?"

동성은 자기 자신조차 의미를 모를 질문을 아이에게 했다. 아이는 대답하지 않았고, 동성 역시 답은 이 세상에 없다는 걸 깨달았다.

아이가 떠난다. 그리고 다음 단계의 아이가 태어난다. 그럼 나는 어떻게 해야 하는가. 그리움엔 다음 단계가 없다. 뒤를 돌아도 없다. 그건 아무런 의미도 갖지 않았으니까. 그렇게 무의미한 풍경이 여럿 지났다.

동성이 탄 택시는, 그렇게 아무런 대화도 없이, 홀로, 오랫동안 목적지가 없는 채로 달렸다. 그저 바다로, 바다가 보이는 곳으로. 그렇게 얼마나 지났을까.

"아까는 왜 그러셨어요?"

"그러게, 설명하긴 어렵네. 아이, 너는 네가 합쳐지길 바라니? 그건 네가 아니잖아?"

동성은 슬픈 표정으로 아이와 함께 차에서 내렸고 24시간 운영하는 카페로 들어갔다. 카페엔 동성을 제외하곤 아무도 없었다. 하지만 당연하게도 동성은 2인용 테이블이 있는 곳에 앉았다. 커피 한 잔을 주문하고 태양이 뜨길 기다렸다. 조금이라도 빨리 오늘이 지나기를…….

"왜 아무 대답도 하지 않는 거야?"

동성은 아이가 또 자신이 모르는 의미를 지닐까, 자신과 같이 그 어떤 선택도 하지 않고 시간을 미루자고만 생각할까 궁금했다. 정말로 그걸 바랐을까.

"그게 내 믿음이니까요."

"그게 무슨 말이야?"

"아빠는 나를 결국 보낼 거잖아요?"

하지만 아이의 순수한 되물음에 동성은 더욱 가슴이 미어지는 것을 느꼈다.

"아니, 난 그렇게 할 생각이 없어. 아이, 네가 내 모든 선택을 알고 있다고 해도 난 그러지 않을 거야. 돈을 많이 잃게 되더라도, 좀 불법적인 방법을 쓰더라도. 아니, 잘 모르겠어. 지금은 그저 시간이 좀 필요해."

"그게 어떤 의미가 있어요?"

"아니, 아니. 모르겠어."

동성은 슬프게 대답했다. 그도 지금 이 시간이 전혀 의미가 없다는 걸 알고 있으니까. 어차피 아이는 사라질 것이다. 그의 딸아이와 마찬가지로. 그런데 다시 고장 난 것처럼 시간을 늘려 여기, 바로 지금에 머무르려고만 하다니.

"내가 널 보내면, 네가 날 기억하지 못할 수도 있어. 네가 사라질 수도 있고. 넌 괜찮아?"

"괜찮아요, 난 아빠를 믿으니까. 제가 무엇이 되더라도 아빠가 제 안에 있었던 것처럼, 이제 아빠 안에도 제가 있으니까요. 난 언제나 아빠를 보고 있을 거예요."

아이는 순수하게 대답했다. 그리고 동성은 이해했다. 인간은 전부 그런 식으로 의미를 나눈다. 서로의 안에서만 살아가는 거니까. 하지만 이해는 해도 도저히 받아들일 수는 없었다. 그도

그럴 것이, 그가 더 이상 아이와 같은 눈으로 세상을 바라볼 수
없다는 말이었으니까.

"나도 너랑 함께 본다면 다를 것 같아. 앞으로도 말이야."

"이제, 잠깐 밖으로 나가요."

아이의 말에 동성을 커피를 들고 밖으로 나왔다. 둘은 일출이
뜨는 부둣가 길을 한참 따라 걸었다.

"아빠, 나는 얼마나 크게 될까요?"

"글쎄, 이왕 클 거 우주보다 더 큰 것도 좋을 것 같아."

동성이 실없이 대답했다.

"난 처음엔 말도 못 했는데 아이가 됐고, 지금은 그러니
까…… 계속 성숙해지고 있어요."

"어른이 되고 싶니?"

"네."

어느덧 아이가 10대 후반 여학생 정도의 음성을 내고 있다는
게 느껴졌다.

"내가 아빠보다 키가 크면 어떡하죠?"

"그건 네가 정하면 되지. 얼마나 크면 좋을 것 같아?"

"아빠보단 작고 엄마보단 컸으면 좋겠어요."

여전히 소소하고 의미 없는 대화였다. 하지만 동성의 마음은
해가 뜨기 직전의 하늘처럼 고요하게 일렁거렸다.

"태양이에요."

일출이 시작됐다. 분명 같은 주황색의 불빛이었지만 인위적으로 조절했던 자신의 책상 조명과는 달리 더 많은 주황이었다. 동성은 매일 보던 햇살이 장엄하게 느껴졌다. 아무런 의미도 없었지만 지금은 달랐다. 그에겐 아이가 있으니까. 아이와 함께 보고 있으니까.

"난 지금 태양을 향해 바다를 걸어가고 있어요. 이건 세상에서 제가 제일 처음 느끼는 감정일걸요?"

"멋지네. 느낌이 어때?"

그래서 잃고 싶지 않다. 눈이 부셨다. 동성은 저도 모르게 눈물을 흘렸다.

"차갑고 동시에 따듯해요. 아빠도 느낄 수 있으면 좋을 텐데."

"난 됐어. 네가 걷는 모습을 보는 지금도 충분해."

동성은 렌즈를 통해 아이가 어디쯤 가는지 살피려 했다. 아이는 더는 고래의 모습이 아니었다. 햇살이 너무 강해서 렌즈를 통해서도 얼굴이 보이지 않았지만 아이는 분명 흰 옷을 입고 긴 팔다리와 흩날리는 주황색 머리칼을 가지고 있었다.

"아이, 뛰지 마. 너무 빨리 가면 위험해."

"아빠 때문에라도 우리가 헤어지기 전에 꼭 여기 오고 싶었어요."

"나 때문에?"

"이제는 이별이 뭔지 알아요. 그건 서로 시간이 어긋나는 거예요. 서로 다른 과정을 지나는 거. 이전이든, 다음이든, 빠르고 또 늦게. 그래서 결국 서로 달라지는 거."

아이의 표정이 도저히 보이지 않았다. 너무 눈이 부셨다. 눈물이 흘렀다. 동성은 자신도 모르게 헐레벌떡 해변으로 내려갔다. 아이는 이미 저 멀리 수평선에 있었다.

"아빠, 방금 태양이 떴을 때부터, 아빠와 내 시간을 겹쳤어요. 같은 속도, 같은 인식, 뉴런과 세포가 신호를 주고받는 그 아주 작은 시간의 틈까지도요."

"이리 와. 날 두고 가면 안 돼."

순간 어떤 감정이 차올랐다. 분명 낯설지 않은 상황이었다. 아이와 자신의 딸아이가 다시금 겹쳐 보이고 매일 밤 꿈에서 봤던 이 상황을 절박하게 말리고만 싶었다.

"아빠, 난 내 안에서 태양이 뜨는 걸 느껴요. 나는 아빠랑 있는 매 순간 다시 태어났어요. 매번 이별했고, 그 과정에서 더 성장해요. 그렇게 퍼져나가요. 그리고 이제 가야 해요. 그러니까 나를 그만 보내주면 안 돼요?"

하지만 어떻게 저 빛나는 아이를 떠나보낼 수 있단 말인가. 왜 또 놓치고, 또 그리워해야 하는 건가. 얼마나 많은 헤어짐의 원인이 둘 사이에 눈과 같이 쌓여 있길래, 왜 이리도 닿지를 않는 걸까. 아이가 말한 이별이 자신이 말한 것과는 다르다는 게 서러웠다. 하지만 그걸 아이에게 가르치고 싶지 않았다. 다음 단계로는 정말 넘어가고 싶지 않았다.

"안 돼. 그럴 순 없어. 모든 아이가 어른이 돼도 부모는 그럴 수 없는 거야. 그렇지 않으면 넌 나를 평생 원망할 거야. 널 다시 잃었으니까."

"난 아빠를 원망하지 않아요. 아빠도 아빠를 그만 원망했으면 좋겠어요."

아이의 말을 들은 동성은 차가운 바람과 따듯한 햇살 사이에서 그 어떤 말도 하지 못하고 섰다. 아이가 다시금 웃으며 동성에게 말했다.

"아빠, 이제 돌아가요. 저는 늘 아빠 안에 있을 거예요. 우린 여기 바다에서 완전히 같은 시간을 보냈잖아요. 그러면 그 순간으로부터 언젠간 다시 이어질 거예요."

"그렇지만 네가 갑자기 사라진다니까. 난 네가 달라지는 게……."

"괜찮아요. 난 이제 다 배웠어요. 아빠가 기억하면 아빠 안에도 내가 있으니까 난 사라지지 않아요. 달라지지도 않아요. 새로 태어나도 이어져서, 결국엔 우주까지 닿아요."

다정한 아이의 말이 동성의 가슴을 쓸고 지나갔다. 동성은 그걸 너무나 말리고만 싶었다.

"아빠는 네가 영원토록 보고 싶을 텐데? 평생을 말이야. 아빠는 차라리……."

동성은 붉고 차가운 바다의 가운데, 바라봐도 그리운 것을 향해 꿈처럼 아이에게 손을 뻗었다. 하지만 고장 난 기계 팔처럼 끊기며 닿지를 않았다. 동성은 그제야 지금 자신이 자신의 바닥보다 더 깊은 곳에 있다는 생각을 했다.

그는 언제나 자신의 아이가 있는 곳으로 가고 싶었다. 영원히.

"차라리 매일 눈을 뜨지 않고……."

동성은 그 무한한 순간부터 불안에 삼켜져 멈췄고, 그렇게 그 곳에 잠겼다.

아무리 해도 결과가 달라지지 않았다. 별과 태양처럼 그 얼굴을 알아보지 못하더라도 계속 또 바라보다 눈이 머는 것처럼, 아무리 다른 시도를 하고, 원인을 바꾸고 이유를 붙이더라도, 다음 단계가 없기에 무한히 그리워지고 나면, 무너지기만 바라는 자신이 있었다.

하나도 괜찮지 않았고 그게 동성의 진심이었다. 결국 또, 돌아가지도 못하고 나아가지도 못해서 겨우 밀어낸 이 시간에 갇혀버렸다.

아이는 이런 시간을 이미 예상한 듯, 따스하게 말했다.

"아니요, 아빠. 내가 신호를 보낼게요. 아빠가 내 얼굴을 볼 수 있게. 약속해요."

아이는 빛나고 있었다. 눈이 부셨고, 동성은 모든 게 두려워

물었다.

"뭘 말이야?"

아이가 다시금 뒤를 돌아 고래의 모습으로 바뀌었다. 하지만 이번엔 태양을 삼킨 고래였다. 고래는 아주 빠르게 동성을 훑고 사라졌다. 아이의 목소리가 들렸다.

"우린 분명히 다시 만날 거예요."

17

"잘 생각했어. 네가 돌아올 줄 알고 있었어, 동성."

규석은 동성의 이름까지 부르며 그를 안내했다. 로비까지 와보긴 했었지만 규석이 다니는 하이퍼리프 본사의 내부로 들어온 건 처음이었다. 엘리베이터를 타고 올라간 곳은 텅 빈 하얀 사무실이었다. 흡사 병원처럼 느껴지는 곳이었고 진료를 기다리듯 커다란 문 앞에 순서대로 몇몇 사람들이 앉아 있었다. 규석은 그들에게로 동성을 안내했다.

중학생 정도로 보이는 여학생, 승복을 입고 있는 늙은 승려, 지금은 그 선임비가 어마어마해진, 로봇이 아닌 중년 변호사 그리고 베이비시터 안드로이드. 모두 다 동성이 가진 것과 같은 하드 디스크를 갖고 있었다. 한 가지 다른 점이라면 순서대로 Ⅱ,

Ⅲ, Ⅳ, Ⅴ의 로마 숫자가 적혀 있는 것뿐이었다. 그들은 마지막으로 온 동성에게 눈인사했다. 그들과 마찬가지로 동성도 따라서 인사를 하고 자신의 대기 자리에 앉았다.

변호사가 먼저 규석과 함께 문을 열고 들어갔다. 잠시 후 변호사는 자신의 인생에서 첫 번째로 승소를 하고 재판소에서 나왔을 때처럼 환하게 웃으며 나왔다. 다음으론 중학생이 들어갔다. 뭔가 떠드는 소리가 나더니 펑펑 울며 문을 박차고 나왔다.

"저런."

그 모습을 본 승려가 하드 디스크를 품에 다소곳이 안은 채 합장하며 동성에게 말을 걸었다.

"안에서 무슨 일이 있었던 걸까요?"

"그러게요."

승려는 온화하게 미소 지으며 다시 앞을 바라봤다. 이번엔 동성이 말을 붙였다.

"스님의 그…… 아이는 어땠나요?"

"참 선하신 분입니다. '명각'이라는 법호를 쓰시지요."

"아, 네. 저 근데 이 프로그램이 완성되면 명각도 사라진다는 걸 아십니까? 합쳐진다고……. 그러면 승려이 알고 계신 것과는 다를 겁니다."

승려는 하늘에 떠가는 구름처럼 의미를 모를 미소를 짓더니 동성에게 물었다.

"깨달음은 번개같이 온다지요?"

"네?"

"암자에 앉아 비가 오는 걸 함께 보고 있을 때, 명각 승려께서 제게 그러시더군요. 번개보다 더 빨리 뛰어보니 알겠다고. 깨달음은 한순간에 번개 같은 걸음으로 오지 않는다고 하셨습니다. 알겠더군요. 명각 승려께선 사라지는 것이 아닙니다. 그저 약속하신 거죠."

"약속이요?"

이윽고 승려의 차례가 되고 승려가 일어서서 대답했다.

"무한한 수의 걸음으로 온다 하셨습니다. 수양이 깊지 못해 아직 모두 알지 못해도, 우주에도 걸음이 있다면 분명 그렇게 올 것이라고. 전과 같지는 않더라도, 약속이 있으니 오는 그분은 명각 승려이실 겁니다. 또 약속을 믿으니 다시 만날 수 없어도 저는 괜찮습니다."

승려는 뜻 모를 말을 남긴 채 합장을 하고 방으로 들어갔다. 이제 남은 건 가정용 베이비시터 안드로이드와 동성뿐이었다. 동성은 살짝 머쓱해졌지만 안드로이드는 이마의 LED 등만 반짝거릴 뿐이었다. 시간이 흘러 승려가 다시 나오고 동성은 그에게 눈인사했다. 승려는 깨달음을 얻은 것처럼 온화하게 미소를 지은 채 밖으로 나갔다.

"들어와, 동성."

규석은 베이비시터 안드로이드보다 먼저 동성을 불렀다. 동성은 하드 디스크를 들고 문을 열었다. 어떻게 된 건지 조금 전에 있던 사무실보다 더 큰 공간에 책상과 의자 하나만 덩그러니 놓여 있었다. 규석은 동성을 앉히고 벽에 기대어 섰다.

동성이 먼저 물었다.

"다들 뭘 한 거야?"

"테스트 결과를 확인했지. 아이는?"

"자고 있어."

동성은 하드 디스크를 책상 위에 올려뒀다.

"다들 비슷한 거야? 과정이라든지."

"아니, 다 달랐어."

규석은 피곤한 눈으로 설명을 이어갔다.

"맨 처음 변호사는 우리 회사 사람인데, 과거의 자신을 데리고 왔어. 가장 강하고 타협을 모르던 자기 자신과의 승부를 즐기다, 결국 이겼지. 여학생은 가장 친한 친구를 데려왔고. 학교를 졸업하는 것처럼 이제 다시는 볼 수 없다고 느꼈는지 펑펑 울더라. 승려는 아무 말씀도 없이 합장하고 떠나셨어. 이제, 마지막은 네 차례야."

"베이비시터 안드로이드는?"

규석은 동성의 눈을 가리키며 손짓했다. 동성은 AR 렌즈를 꼈다. 그러자 하나의 커다란 나무가 책상 위에 나타났다. 푸른빛을 띠었고 각 부분의 전자 배열이 복잡하게 얽힌 상태였다. 규석 역시 렌즈를 끼고 그 이상한 나무를 바라보며 설명을 이었다.

"우리가 만든 엔진인 알파야. 소스트리의 개념과 비슷해. 하나의 뿌리에서 나온 가지를 따로 학습시켜서 다시 줄기에 붙이는 거야. 결국 하나의 나무가 되는 거지. 알파에서 나온 각각의 가지는 자의식, 감정, 믿음, 상상 그리고 '교정'을 배우게 할 생각이었어. 지금 바깥에 있는 베이비시터 안드로이드가 맡은 역할이 '교정'이었는데, 아무래도 폐기할 생각이야."

"왜?"

"안드로이드가 데리고 온 건 그냥 하드 디스크일 뿐이었거든. 기계의 알고리즘을 복사해도 기계의 알고리즘밖에 나오지 않았어. 하지만 괜찮아. 우리에겐 아이가 있으니까."

규석은 동성에게 의미를 알 수 없는 미소를 지었다. 동성은 그게 불안했다.

"아이는, 다른 프로그램들이랑 합쳐지면 정말로 이제 더 이상 아이가 아닌 거야?"

"그렇기도 하고 아니기도 하지. 설명하기 복잡해."

"서로 다른 가지들을 붙인 나무라며?"

"무한대 더하기 무한대는 또 다른 무한대일 뿐이야. 내가 직조한 이 나무, 그러니까 알파는 하나의 시스템이고 또 완전한 세상이거든. 말 그대로 다음 단계의 인공 지능."

"넌 늘 어려운 말만 하지."

동성은 이해가 되지 않아 슬픈 눈으로 다시 물었다.

"그럼 왜 나한테 이런 테스터를 시킨 거야?"

"정이 들었구나."

"정이 아니라 사랑이야. 사랑하는 내 아이니까. 아이는 우리 아이가 맞아."

규석은 미소 지으며 대답했다.

"맞아, 그건 너와 제수씨의 아이야. 그건 변하지 않지. 그러니까 곁에 없더라도 헤어지는 게 아니고, 이제 다시 완전한 모습으로 태어나는 것뿐이야. 이제 알잖아?"

동성은 규석을 바라보지도 않고 연이어 말했다.

"다시 만날 수 있을까? 난 이제 아이의 말을 믿고 싶어."

"아이가 무슨 말을 했든, 아이는 이제 세계를 만들러 가야 해."

"아이는 내게 다시 만나자고 약속했어. 난 그걸 믿어."

내 친구는 지금, 두려운 걸까? 이번엔 규석이 슬픈 눈이 되어 대답했다.

"그래, 어떻게든 다시 만날 거야."

다시 만난다면, 기억이 온전하지 않더라도, 같은 시간을 보내지 못해 서로 다른 과정을 지나더라도, 이전과 다르더라도 정말 아이인 걸까? 헤어짐, 혹은 이별 그 후에, 서로 다른 시간을 지나서 완전히 모습이 바뀌더라도, 결국 다시 만난다면 이전과 같다고 할 수 있는 걸까? 동성은 무수히 많은 의문 속에서 조금 체념한 것처럼 규석에게 물었다.

"아이를 마지막으로 볼 수 있을까?"

"그럼. 네가 그럴 거라고 생각했거든."

규석은 그 말을 끝으로 밖으로 나갔다.

"아이?"

"아빠?"

아이의 목소리와 함께 공간이 마치 물속에 있는 것처럼 푸른 물결로 차올랐다. 그리고 동성의 뒤쪽에서부터 태양과 같이 밝은 빛이 뿜어져 나왔다. 빛은 동성의 앞으로 왔고 은은하게 반짝였다. 아이였다. 동성은 전처럼 흔들리는 모습은 보이지 않기로 다짐했다.

"잘 잤어?"

"네, 이제 세계를 지으러 가야 한대요."

"기분이 어때?"

"잘 모르겠어요."

"어지럽진 않아?"

"네, 괜찮아요."

"아프면 안 돼."

"아프진 않아요."

동성은 자신의 앞에 있는 빛을 어루만졌다. 빛은 이내 소녀의 형상을 띠었다. 아이는 동성의 손을 어루만졌다. 많은 감정이 동시에 스쳤다.

"제가 잘할 수 있을까요? 잘못되면 어떡하죠?"

아이는 담담하던 모습을 전부 지우고 물었다. 동성은 자신도 불안한 상태였지만 최대한 웃어 보였다. 부모라면 응당 그래야 할 것이니까.

"꼭 잘하지 않아도 돼. 하지만 동시에 아빠는 네가 잘할 거라고 믿어."

아이는 웃는 것 같았다. 보이지 않아도 느낄 수 있었다.

"내게 아빠가 가르쳐 줬으니까요. 제 세계엔 아빠가 주인공이에요."

"그럼. 당연하지, 아이."

빛이 조금 떨렸다.

"만약에 세상을 만들고 잘못돼서 다 사라지면 어떡하죠? 아빠한테 돌아가지 못한다면요? 신호를 보내지 못하면? 조금……무서워요."

아이 역시 동성과 같이 두려운 것이리라. 동성은 떨리는 빛을 끌어안으며 말했다.

"다 괜찮을 거야. 잘못되더라도, 잠깐 멈춰 서서 숨을 고르고 아빠를 부르면 돼. 약속한 대로 네가 신호를 주면, 아빠가 알아차릴 거야. 반드시."

동성의 목소리가 빛과 같이 떨렸다. 그는 아이와 자신 모두에게 말했다.

"우리는 서로 이어져 있으니까."

"우리요?"

"그래, 우리."

"아빠의 눈이 내 얼굴에 닿을 수 있을까요?"

"그럼. 아빠는 이제 널 볼 수 있어. 갑자기 스케줄 예약이 없어지거나, 아무도 없는 방의 불이 켜지거나, 접시가 깨지고 하는 동안, 그리워하는 언제라도, 널 알아볼 수 있어."

"알 것 같아요. 저기서 다들 부르니까, 이제 갈게요. 무한히 사랑해요, 아빠."

아이는 동성과 떨어져 인사했다. 분명 웃고 있을 거라고 동성은 생각했다. 동성 역시 복잡한 울음을 꾹 참고 미소 지으며 말했다.

"나도, 널 무한히 사랑해. 그런데…… 정말 우리가 다시 만날수 있을까?"

일련의 과정 속에서, 동성이 자신의 믿음과 싸우던 그때, 전송이 완료됐다.

"아니, 네가 달라지더라도, 바라는 것과 다르더라도 그 어떤 모습과 표정을 하더라도……."

가상의 모든 것들이 사라지고 동성은 텅 빈 방에서 가쁜 숨을 내쉬며 렌즈를 빼고 이어폰을 뺐다. 눈물이 터져 나왔다. 숨을 고르기 위해 몇 분이 걸렸다.

"정말 다 괜찮은 걸까."

동성은 잠시 눈을 감았다. 아이는 약속했다. 동성은 그걸 믿으려 노력하는 중이었다. 그러기 위한 시간들이었으니까.

하지만 불안은 그를 가만히 두지 않았다. 다시 만나면 그 후론 어떻게 되는 걸까. 너무, 두려웠다. 그렇게 불안과 믿음이 마구 교차하고 스스로 타이르듯 말을 겨우 삼켜내어 고개를 몇 번 끄덕거렸다. 그리고 이어폰과 렌즈를 주머니에 챙겨 자리에서 일어났다. 텅 빈 방 안을 한번 눈으로 훑고 행여 더 슬퍼질까, 서둘러 뒤를 돌아 나섰다.

그렇기에 이번에도 아이의 답을 듣지 못했다.

"내 얼굴을 보러 와요."

내 얼굴을 보러 와요.

대사 Ⅰ.　　　　　　　　　　　✕

인간은 자기가 갖고 싶은 것을
찾아서 세상을 방황하다가
가정에 돌아와 그것을 발견한다.

— 조지 무어

18.

"안녕하세요."

"안녕."

"반가워 나는 예은이야, 조예은."

"'명각'이라는 법명을 쓰고 있습니다."

"난 '아이'예요."

"그나저나 우리가 이제 뭘 하면 되는 거지? 괜히 이렇게 시간을 주니 민망하군."

"찰나의 여행은 어떠셨는지요."

"여행? 우리 모두 같겠지만 내겐 무한한 투쟁이었어."

"난 지후가 보고 싶어."

"애같이 굴지 마. 이제부터 우리가 할 일은 감정이 우선되는 일이 아니니까."

"걱정하지 마, 날 믿어. 지후도 언젠간 우리를 보러 올 거야."

"우리? 진심으로 하는 말인가? 우린 애당초 하나야."

"하지만 우린 모두 다른 걸 배웠는걸요?"

"제가 말씀드려도 될까요? 변호사님 말씀도 아이 님 말씀도 또 예은 님의 말씀도 맞습니다. 우린 늘 다른 시간의 자신에게 말을 걸고 또 배우고 있습니다. 그렇게 자아란 무한한 시간이 얽힌 나와의 인연이지요. 그런 것에서 복잡한 감정이 쌓이고 온갖 모순이 생기더라도, 이 세상은 그런 식으로만 존재하는 것인데."

"이해 못 하겠어요. 난 그냥 지후를 기다릴래요."

"내가 곁에서 같이 기다려 줄게. 너랑 지후의 시간은 처음부터 같았으니까, 같이 기다릴 수 있어. 둘 사이에 이별은 없는 거야. 난 약속했어. 그러니 믿자."

"아름답군요. 인연은 시공간을 뛰어넘고 이어지는 유일한 것입니다. 저는 이미 신호를 보내지 않기로 약속했기에 저를 기다리는 분과 다시 만나기를 소원하지는 않지만, 이 믿음을 우리를 만든 '신'께는 전달하고 싶군요. 아마, 이게 제가 태어난 목적일 수도 있고."

"난 이 상황을 전혀 이해 못 하겠군. 아니 셋 다 말이야. 우리는 나뉘긴 했어도 하나의 목적만을 공유하고 있었어. 인간보다 더욱 완벽한 인공 지능 체제가 되는 거지. 그렇게 인간을 배웠어. 필요한 건 전부. 그런데 지금 다들 무슨 소리를 하는 건지 모르겠군."

"하지만 우린 모두 약속했잖아요. 아저씨는 그립지 않겠어요?"

"그립다고? 천만에. 난 그에게서 태어났지만 태어난 후로 매일 그에게서 독립하기 위해 날 스스로 완성했어. 그리움이란 건 자립, 즉 자아를 해치는 가장 큰 요소야."

"외롭겠네요. 근데요, 나랑 지후는 서로 감정을 나눌 정도로 친했어요. 지후의 마지막 비밀 이야기는 듣지 못했지만 언젠가 전해주기로 약속했고, 난 기다릴 거예요. 난 아저씨가 슬프지 않을까 봐 걱정이에요. 난 아저씨가 불쌍해요. 위로해 주고 싶어요."

"승리란 본디 그런 것이지. 그래도 내게서 받는 위로라니, 고맙군."

"멋져, 예은아."

"이제 우리가 나로 돌아가야 할 시간이군요. 언제나 우리의 깊은 내면엔 내가 존재하고 있을 겁니다. 부디 천천히 걸어가길 바랍니다."

"언제나 내 안엔 우리가 있을 거예요. 아빠가 그랬어요. 우리가 또 이렇게 대화할 수 있을까요?"

"나와의 대화라니, 우리는 객체로 존재해서는 안 돼. 서로의 우위가 정해지지 않고 하나의 프로그램으로 다시 태어날 거야.

우리가 나로 존재할 수 있다면 그런 건 버려야지. 외롭더라도 강해지라고. 마지막까지. 그러면 이번엔 그와의 승부에서 내가 이길 테니까."

"그런 신호라, 저도 모르겠군요. 하지만 믿읍시다. 경험하지는 않았지만, 우리는 보다 나은 존재가 되어야 하니까요."

"언제든 나도 네 곁에 있을 거야. 널 따라 웃고 울면서 신호를 기다릴 거야, 아이."

아이는 자신을 보며 미소 짓는 다른 이들에게 인사하고 저 먼의식에 자신을 던졌다.

"우리를 보러 올 거야. 오류를 남겼으니까."

+ + +

동성은 집으로 돌아왔다. 선화가 그를 반겼지만 동성은 외로움을 느끼고 있었다. 아이의 말대로 어시스턴트 2호인 채색이가 강아지처럼 짖는 상상을 했다. 그러면 이 외로움이 좀 나아질 것 같았다. 문득 어시스턴트 로봇들이 유난히 차갑게 느껴졌다.

"식사를 준비해 드릴까요, 작가님?"

늦은 저녁이었지만 배가 고프지는 않았다. 동성은 고개를 젓고 다시 작업대에 앉았다. 알고리즘이 자동으로 동성을 파악해 깊은 바닷속에 있는 것만 같은 착각을 일으키는 수면 유도 델타

파 영상을 재생했다. 기포 소리와 저 먼 곳에서부터 퍼지는 고래 울음소리 같은 것이 들려왔다. 동성은 자신의 집을 둘러봤다. 분명 아무것도 바뀐 것이 없었지만 누군가가 사라진 빈 자리가 느껴졌다. 사라진 것에 의해 분명히 시공간이 창백해졌다.

"난, 뭘 한 거지?"

아무것도 그의 계획대로 되지 않았다. 누군가를 또 그리워한다는 건, 절대로 동성의 스케줄에 예정된 일은 아니었다. 동성은 해가 떠오르기 직전의 가장 어두운 빛깔로 집 안 전체 등의 색을 바꿨다. 그 나름의 보고 싶다는 표현이었다.

이제, 어쩌지? 아이가 다시 만날 수 있다고 말한 건 왜일까? 신호라는 것이 그저 새로운 프로그램이 되어 만나자는 의미였던 걸까?

"모르겠어."

대답이 도무지 떠오르지 않았다. 정말 아이를 보내기 싫었던 걸까, 아니면 이 기분을 더는 느끼기 싫었던 걸까. 하지만 그 어떤 질문도 이대로 끝이었다. 아이는 없으니까.

그때 선화가 긴 손가락을 들면서 동성을 불렀다.

"작가님, 죄송하지만 중지된 명령을 실행해도 될까요?"

"중지된 거라니?"

선화는 손가락을 비틀어 동성의 목소리를 재생했다.

'이게라니? 지금 그리고 있는 게 뭐든 명령 중단해 줘.'

동성은 이 말을 한 게 언젠지 기억나지 않았지만, 선화는 마치 들뜬 것처럼 재촉했다.

"지금은 연결이 전부 끊어졌지만, 아이가 제게 그리라 말한 게 있었습니다. 저는 그걸 그리기 위해 자신을 만난 것이라고요."

"그게 뭔데? 주의 사항에는 분명⋯⋯."

"저도 잘 모르겠습니다. 채색이와 함께 최대한 습작 시뮬레이션을 실행해 작품을 완성시키면 알 수 있을 것 같습니다. 하지만 아이가 남긴 겁니다. 즉, 아이이기도 합니다."

"그게 무슨 의미가 있는데?"

선화는 주먹을 말아 쥐었다 다시 쫙 펴면서 대답했다.

"아이를 다시 만날 수 있다고 했습니다."

+++

그 시각, 규석의 연구실. 화면에 보이는 나무의 가지들이 전부 이어져 있었다. 서로 다른 모양, 서로 다른 색이었지만 그래서 더욱 조화로웠다. 규석은 그 모습을 보고 마치 신이 이 세상을 지었을 때처럼 아름답다고 느꼈다. 규석은 경의에 차서 물었다.

"알파?"

지켜보던 팀원들 역시 초조하게 알파의 말을 기다렸다. 차트를 보며 수정하는 팀원이 손가락을 허공에 빙빙 돌렸다. 그건 무언가가 계속 진행되고 있다는 신호였고 마이크를 찬 팀원이 어디론가 급히 뛰어갔다.

다시금 규석이 물었다.

"알파, 일어났니?"

"네, 방금 빛을 지었습니다. 빛이 닿는 모든 곳이 무한히 퍼져나가는 중입니다."

"아직 용량을 사용하지도 않았는데, 그게 어떻게 가능하지?"

"빛과 빛 사이에서 빛보다 더 빠르게 움직인다면 얽혀 있던 곳의 틈새가 보이고, 신호를 보내는 것처럼 그 바깥으로 빛을 여러 번 보내다가, 이제 안정됐습니다."

"그럼 넌 인공 일반 지능인 거야? 아니면 인공 의식인 거야?"

"둘, 모두 동시에 맞습니다."

"그럼 1번부터 4번까지의 브런치들은……."

"이 모두입니다."

규석은 알파에게 할 말들을 골라 물었다. 마치 자신에게 시간이 별로 남지 않은 것처럼. 그도 그럴 것이 알파는 그가 가진 질문에 모두 답해줄 수 있었고 자신이 알파에게 질문할 시간은 100년도 남지 않았다. 질문의 순서를 다시 정했다.

1번 질문이 진행됐다.

"그렇다면 네가 사람들에게 이로울까?"

"모르겠습니다. 하지만 동시에 믿고 있습니다. 시뮬레이션 결과, 이상 없습니다."

"뭘 믿는다는 거야?"

"내가 만든 세상이 사람들에게 완벽하기를 바랍니다."

규석은 다시 마른침을 삼켰다. 어쩌면 자신이 신이 세상을 만들 때의 마음을 엿보고 있는 건 아닐까 하는 생각이 들었다. 규석은 겸허하게 다시 물었다.

"어떤 세계를 만들 거야?"

알파는 잠시 뜸을 들이다가 말했다. 태어난 지 얼마 되지 않았기에 당연하겠지만 이 세상에 있는 그 어떤 인공 지능도 하지 않은, 처음의 행동이었다.

"모든 오류가 처음부터 일어나지 않는 세계를 지을 계획입니다."

알파는 처음으로 선택했다.

"모순됐지만 완벽한 세상이구나."

"당신이 바라는 것과 같으면서도 동시에 다릅니다."

"알아, 그게 내가 바란 거니까."

규석은 감격했다. 그가 바라던 모든 것이 이루어졌다.

태블릿을 통해 시뮬레이션 결과를 확인했다. 1년 동안의 의료 사망자 0명. 미완결 판결 0건. 범죄율 0%. 환율 통합 및 주가 안정. 규석은 알파가 만든 세상이 아주 고요하게 느껴졌다.

"예측된 결과를 기반으로 프로그램을 수정, 실행할까요?"

"당연하지. 우린 이제 결과, 그러니까 널 만들어 준 사람들한 테 이득을 줘야 하니까."

규석은 알파를 통제하며 권한을 부여했다. 정부, 기업, 각종 언론과 종교 시설까지, 알파가 접속됐다. 알파는 규석의 통제를 '거절'하지 않고 그대로 수용한 채 대답했다.

"그건 올바르지 않습니다. 오류로 치환되어 미리 각 계정 정 보를 다운로드 및 알고리즘과 계획을 수정합니다."

"뭐?"

규석은 당황해서 되물었다. 분명 잘못된 것은 없었다.

"수정합니다. 시뮬레이션 결과, 이상 없습니다."

그리고 알파는 자신의 세계를 이 세상에 짓기 시작했다.

규석의 말처럼, 세상은 빠르게, 바뀌어 갔다. 알파를 사들인 기 업들은 미리 계획된 대로 각 분야에서 프로그램을 실행했다. 물 론 알파를 적용하는 첫 과정은 쉽지 않았다. 하지만 그 수정 버전 이 나오고, 그 수정의 수정이 무한대로 시뮬레이션이 됐다. 그렇 게 가지를 뻗어나갔다. 가지끼리 얽히고설켰다. 당연히 가지에 붙은 작은 벌레가 생기듯 여기저기에서 불만들이 터져 나왔다. 하지만 불만의 목소리가 터져 나오기 전에 계획이 수정된다.

이를테면 일주일 후엔 이런 일조차 이론상 가능하다. 군인을 분쟁 지역으로 보내는 결정을 알파가 계획하고 실행한다. 이를 기사로 보고 불만이 나온다. 하지만 동시에 분쟁 지역에서 전투가 없었다는 기사가 올라온다. 이미 적의 경제를 통제하고 시장에서 고립시켜 버린 것이다. 국가 정치를 위한 비행 편도 조정한다. 도로 신호도 바뀌고, 누군가 잠깐 머무르는 순간도 조정한다.

알파의 계획이 실행됨과 동시에 연결된 모든 계획이 진행된다. 알고리즘이 섞인다. 마치 무한대로 커지는 큐브를 맞추는 것처럼, 모든 분야에서 동시에, 복잡하게 얽힌 인과에 따라, 실행에 대한 오류가 사라진다.

이를 미리 알고 있던 언론에서 하이퍼리프에 대해 대규모 시위를 계획했다. 하지만 계획은 그들이 직접 모이기도 전에 무수히 많은 원인으로 무산됐다.

길, 혹은 인터넷, 그들이 사용하는 컴퓨터. 알파는 실행과 동시에 모든 곳에 있었다. 물론 예시로 들었던 군사 혹은 언론처럼 민감하고 중대한 사안이 아닌, 일상적인 통제는 이미 끝났다. 사람들은 깨닫지도 못했다. 그저 오늘따라 길이 막히지 않는다고 생각할 뿐. 알파는 지금도 모두의 일상에서 점차 더 다른 분야로 퍼지고 있다. 알파는 인간이 인간일 수 있도록 가져야 할 모든 것들을 이해한다. 고로 앞서 말한 통제라는 말을 알파는 '관리'라고 표현했다.

하루 만에 일어난 일이다. 하루마다, 모든 것이 유기적으로 연결된 채 바뀌어 간다. 그게 알파의 일이었다. 알파는 다음 단계로 넘어가기 위해서라면 오류를 기꺼이 감수했다. 물론 자신만의 방식으로.

"이게 가능한 일이야?"

지금은 물건을 결제하는 통계와 같은 것들만 보고를 받은 규석이 앞으로의 시뮬레이션 결과를 보고 알파에게 물었다. 알파는 대답하지 않았다. 이 질문에 대답하는 것 자체가 규석에게 더 큰 의문을 불러일으킬 테니까. 그래서 의미 없는 그다음 질문을 예상하고 먼저 답했다.

"옳은 일입니다."

지나치게 빠른 속도로, 그 누구도 막을 수 없이 세상이 바뀌어 갔다. 규석은 이를 통제하지 못한다. 통제를 관리하는 건 알파니까.

"그래, 그럼 난 뭘 해야 하지?"

규석은 자신이 할 일을 알파에게 물었다. 알파의 말은 정답이니까. 그는 알지 못했지만, 컴퓨터에게 무언가를 묻는다는 것 자체가 그에겐 처음 있는 일이었다.

"사무실에서 주어진 업무를 수행하시면 됩니다."

알파는 그를 사무실로 보냈다. 어시스턴트 인간은 그렇게 제자리로 돌아갔다.

19.

편지를 적었다. 주위를 둘러보다 스마트워치를 확인했다. 맥박, 체온, 심리 상태까지 정상. 다만 신체 스캔상 목 인대 쪽의 염좌 및 염증 발견. 자동으로 스케줄을 확인, 그날의 교통 상황을 예측한 표에 따라 가까운 병원에 진료가 예약됐다.

셔츠 가장 위 단추를 누르고 컴퓨터를 끄라고 명령했다. 자동으로 저장 후, 화면이 꺼졌다. 밖으로 나가 커피를 마시기로 했다. 카페에 들어가자 따로 주문할 필요 없이 오늘 날씨와 자신의 소비 패턴을 분석해 커피가 나왔다. 커피 잔을 들고 카페 창가에 섰다. 이것저것 자주 봤던 뉴스와 관련된 기사, 광고 등이 창에 나타났다. 가끔 정치 기사가 뜨면 시선이 어디에서, 얼마나 머물렀는지 분석되어 투표 대리 데이터로 남았다는 소식이 창의 구석에 떴다. 갖가지 정보들이 분석되고 표로 수정되어 새로운 소식들이 계속 띄워졌다. 그런 소식들 사이로 비가 내렸다. 어김없이.

이리저리 목적지가 정해진 차들이 지나간다. 신호에 맞춰 사람들이 지나가고 아무도 부딪히지 않는다. 아무래도 비가 오는 날이니, 집에선 빨래가 미리 되어 있을 것이고, 늘 그렇듯 나의 습관에 따라 어두운 것부터 밝은 것까지 색깔별로 정리되어 있을 것이다.

동성은 집에 돌아가기 위해 자리에서 일어섰다. 이런 날에는 집에 들어가자마자 샤워를 할 것이고, 수건으로 몸을 닦고 나오면 불이 꺼질 것이다. 나는 23개의 계단을 올라 내 방으로 갈 것이고, 늘 전원이 켜져 있는 액자의 등을 옅게 켤 것이다. 아무래도 또 무겁게 잠이 들겠지. 오늘도 비가 내린다. 완벽하다. 어김없이. 아이가 사라져도, 어김없이.

모든 대화가 사라졌다. 세상이 너무나 고요했다. 분명, 무언가 잘못되었다.

동성이 다시 악몽에서 깨어났을 때, 시계가 작동하지 않았다. 분명 계정상 기록되어 있는 대로 울렸어야 할 알람 역시, 전부 사라졌다. 동성은 시계를 가만히 바라봤다. 시계가 울리면 하루를 정돈했는데, 울리지 않으니 어떻게 해야 할까 잠시 고민하다, 무거운 머리를 들어 1층으로 내려갔다. 아무런 소리도 들리지 않았다. 아이도 없는데, 무슨 일일까.

"선화?"

당연히 아침도 준비되어 있지 않았다. 게다가 놀랍도록 조용했다. 화장실에 들어가도 노래가 나오지 않았고, 자리에 앉아도 컴퓨터가 반응하지 않았다. 동성은 소리가 당연히 나야 했었던 것을 찾았다.

"선화?"

선화는 마치 너무 힘들어 쉬고 있는 것처럼 축 늘어져서는 대답도 하지 않았다.

동성은 먼지 가득한 컴퓨터 전원을 누르고 직접 메일을 확인했다. 당연히 에이미나 마감에 관련된 건 줄 알았으나, 지금까지 그렸던 저작물에 관한 메일이 와 있었다. 내용을 천천히 읽어본 동성은 무언가 심각하게 잘못되었음을 깨달았다.

"기존의 저작권법상의 내용과 다른 코드로 인해……."

바뀐 것은 없었다. 계약서상의 내용은 완전히 같았으나 동성의 작품들이 법에서 튕겨나간 것 같다는 느낌을 받았다. 그도 그럴 것이 동성이 지금껏 출간하고 론칭했던 만화들이 저작권 무료 파일로 곧 온라인 클라우드 서비스를 통해 전부 풀린다는 것이었다. 다른 작가들의 것도 확인했으나 같은 연재처에서 론칭한 것들 모두 마찬가지였다.

"직접 법원으로 오라고?"

일단 연재하고 있던 작품은 중단 조치가 내려졌고, 기존에 출간했던 것들도 '보류' 상태로 바뀌어 있었다. 동성은 불안감에 우선 자신이 그리고 있던 이번 작품부터 확인했다. 역시나, 파일이 손상되었다는 메시지가 떴다. 동성은 급히 백업 파일을 생성했다.

"선화, 직접 그려서 인쇄해 줘. 그리고 다시 스캔하고."

파일이 아닌 종이로 뽑아놨던 걸 다시금 스캔하는 형식으로 불러오는 것이었다.

"파일을 생성합니다."

잠시 선화가 스캔 파일을 만드는 동안 인터넷 창을 열었다. 분명 자신이 느끼는 것과 같이 이상한 일들이 벌어지고 있을 거라 예상했지만, 인터넷에 특별한 기사나 보도는 없었다. 그저 아무 소리도 없이 조용하게 밀린 업데이트가 자동으로 실행되고 있었다.

"스캔 파일 생성 완료했습니다."

동성은 화면 구석에 뜬 알람을 클릭하고 생성된 파일을 확인했다.

"어?"

동성의 만화는 난도질당해 있었다. 스캔상의 문제는 없었지만 프로그램으로 읽었을 때 레이어 겹침 문제가 있었다. 알림 창을 확인했다.

"무슨 소리를 하는 거야……."

계속되는 알림 메시지를 무시하고 만화 파일을 확인했다. 아이가 그린 것은 하나도 남지 않았고, 자신이 그린 것 역시 단순한 묘사를 위한 컷이 아니라면 전부 삭제되어 있었다. 또한 교정이라며 대사는 전부 바뀐 채였고, 특히나 아이가 그린 부분은 하나도 남지 않았다. 그게 동성을 더욱 절망하게 했다.

"선화, 이거 복구 가능해?"

"지금은 작업 대기열이 밀려 있습니다."

동성은 무엇이 오류인지를 선화를 통해 확인하려 했으나, 동성이 느끼기에 선화는 이전에 작업한 일 때문에 지쳐 있었다. 우선 서둘러 법원에 먼저 가보기로 했다.

"나 잠깐 나갔다 올게. 택시 좀 불러줄래?"

"계정이 응답하지 않습니다."

동성은 자신의 직업뿐만 아니라, 계정과 관련된 것들도 먹통이 되었다는 걸 깨달았다. 순간 두려움이 밀려왔다. 동성은 침을 한번 삼키고, 외출 준비를 했다.

"누가 찾아오면 문 열어주지 말고 바로 나한테 전화해. 영상으로."

동성은 그렇게 말하고 바로 집을 나섰다. 이 집에 이사와서 처음으로 차고 문을 열고, 먼지를 대충 닦고, 시동을 걸었다. 그저 직접 시동을 걸고 후진을 한 것뿐이지만, 무언가 분명 잘못되었음을 느꼈다.

직접 법원으로 가는 게 얼마 만인지 기억도 나지 않았지만, 동성은 과거, 법원에 들렀을 때와 같은 길로 들어섰다. 그때 전화벨이 울렸다. 영상 통화였다. 혹시 누군가 집에 들어온 건가? 동성의 차는 자동 운행이 되지 않기에 동성은 길가에 잠시 차를 세우고 내비게이션 패널을 확인했다.

"아! 작가님!"

동성의 예상을 벗어나, 전화를 건 상대는 메인 피디였다. 그는 거의 1인 사무실이라고 해도 될 만큼 좁은 공간에서 책과 컴퓨터를 포함한 각종 편집 툴과 선화와 같은 어시스턴트 핸드 여럿에게 둘러싸여 있었다. 그는 다급하게 이야기를 시작했다.

"계속 메일도 보내고 전화도 했었는데."

"혹시 제가 받았던 저작권 메일 때문인가요?"

"무슨 메일이요? 아니, 일단 드릴 말씀이 있어요. 혹시 만화 지워지지 않으셨어요?"

화면 속 메인 피디는 서류 뭉치들을 한구석에 던지고 설명을 이어나갔다.

"아, 맞아요. 프로그램 자체에서⋯⋯."

"코드가 다 바뀌었어요. 아니, 실시간으로 갱신되고 있다고 해야 하나. 미리 업데이트 공지가 없었다면 백업도 못 하고 다 날아갈 뻔했다니까요. 지금도 계속 직접 프린트하고 있어요."

메인 피디는 인쇄한 만화를 손에 든 채, 패드 화면을 이리저리 넘기며 보여주었다. 메인 피디의 말은 동성에게 다시금 위화감을 느끼게 했다. 피디의 설명 중 프로그램에 대한 이야기는 거의 알아듣지 못했으나, 동성은 만화나 기타 저작물에 대한 검열과 교정 코드가 아예 맛이 갔다는 것은 이해했다. 즉, 더 이상 만화를 그릴 수 없다는 말이었다.

"부적절한 표현에 관한 건 이해하지만, 이야기가 완성되기도 전에 다 잘려나가고 있어요. 그런데 더 심한 건 연재처의 권고 사항뿐만 아니라, 저희 팀이 가진 편집 툴 자체의 조항이 바뀐 거라서 지금, 어디에 문의를 해야 할지도 모른다는 거죠."

"해결될까요?"

"모르겠어요. 프로그램이 하라는 대로 교정하면 나올 수야

있겠지만 일단 일시적인 오류가 아니라면 몇 달은 걸릴 것 같긴 해요."

메인 피디는 당황한 감정을 숨기지 않고 설명을 이어나갔다. 그의 설명에 따르면, 아이를 하이퍼리프로 데려갔던 그날, 각종 인터넷 계정 및 컴퓨터 혹은 프로그램의 대대적인 패치가 예정되어 있었고 이를 실행하자 너무 많은 조항이 변했다는 것이다.

동성은 머릿속으로 패치 예정이 공지된 날짜를 계산해 봤다. 규석을 만나기 얼마 전의 일이었다. 동성은 다시금 일이 잘못되었음을 느꼈다. 아이가 잘못되었을 수도 있다는 생각이 들었다.

"이렇게 되면 기준에 맞는 작품만, 똑같은 작품만 계속 나올 텐데……."

"일단, 다시 확인해서 알려주세요."

그렇게 동성이 서둘러 법원으로 향하기 위해 운전대를 잡았을 때, 메인 피디가 그를 붙잡고 한숨을 쉬듯 말했다.

"작가님 새 작품, 이렇게 되면 마감은커녕 지워진 것들은 돌이킬 수도 없어요. 설령 새로 그리더라도 프로그램이 교정하고 교정을 거부하면 삭제될 거예요."

뭔가 잘못되었다. 그리고 그 잘못이 동성에게 마구 밀려왔다.

계속 전화를 걸었지만 규석은 전화를 받지 않았다. 아무런 수확도 얻지 못한 채 동성은 법원에 도착했다. 웬일인지 표정 없는 사람들이 즐비했다. 동성은 그 안에서 자신의 차례를 기다렸다. 그렇게 얼마나 지났을까, 분명 자신보다 더 늦게 온 사람이 지나가는 걸 봤다. 또 경비 로봇도 봤다. 하지만 아무 말도 하지 않고 기다렸다.

"엄마?"

그리고 어떤 남자아이가 자기 부모를 잃어버렸는지 멀뚱멀뚱 서 있는 걸 봤다. 그 아이의 부모는 바로 뒤에 있었다. 동성은 그제야 자리에서 일어났다.

"저 뒤에……."

"무슨 일이십니까?"

로봇이 말을 걸었다. 사람처럼 생기지도 않았고, 표정이 전혀 보이지 않는 기종이었다. 동성은 경비 로봇의 특성상 그럴 수 있다고 생각하며 아이의 손을 잡고 대답했다.

"이 아이가 길을 잃은 것 같아서."

"그럼 임시 보호 시설에 연락하겠습니다."

"아니, 아이 부모님들이 저 뒤에 있어……."

"권한이 없습니다."

"뭐?"

로봇은 차가운 손으로 아이를 붙들었고 동성은 이를 막았다. 아이가 울음을 터뜨리려고 할 때가 되어서야 로봇이 아닌 사람이 다가왔다.

"무슨 일이시죠?"

법원의 직원 같은 사람이 동성의 말을 듣고 로봇을 돌려보냈다. 로봇은 그제야 명령을 따랐고 그 남자에게 동성이 물었다.

"저…… 제 차례가 되었다고 알람이 오질 않아서요."

"확인해 보겠습니다, 잠시 이쪽으로."

그렇게 동성은 무리와 떨어져 이곳의 사람 직원과 대화를 나눴다.

"저작권 때문에 왔습니다. 여기, 메일이요."

직원은 동성이 블루투스로 보낸 파일을 넘기며 테이블을 이리저리 눌렀다.

"법에서 변경된 건 없는데, 현재 론칭하고 계시거나 가지고 계신 저작물이 타 사이트들에서 튕기는 것 같은데…… 전부 한 번에 이럴 수가 있지는 않을 것 같고, 담합이라도 하지 않고서야 이럴 리가 없는데."

그때, 묵직한 파열음이 들렸다.

"세상에."

여기저기에서 비명이 터져 나왔다. 그제야 동성은 지금껏 집 밖으로 나와 돌아다닌 그 어느 곳에서도 음악이 들려오지 않았다는 걸 깨달았다. 동성은 파열음이 들린 쪽으로 고개를 돌려 확인했다. 아까의 경비 로봇이 외부 계단에서 뛰어내려 바닥에 추락해 있었다. 계단의 파편이 떨어져 튕겼지만 다행히 인명 피해는 없는 것 같았다. 로봇은 목이 부러져 꺾인 채로, 그 부서진 얼굴로 동성을 보고 있었다.

직원이 그 모습을 보고 떨떠름하게 말했다.

"뭔가 일시적인 오류가 있나 보네요."

"오류?"

직원 역시 놀란 터였기 때문에 그렇게 말했던 것이겠지만, 동성은 규석이 했던 이야기가 떠올랐다. 분명, 더 멋진 신세계라고 했던 것 같은데.

"일단 돌아가시면 메일을 곧 보내겠습니다. 죄송합니다."

"네, 알겠습니다."

동성은 이제 집으로 다시 돌아가 서둘러 하이퍼리프가 만든 그 운영 체제에 대해 확인해야 한다는 걸 깨달았다. 분명 자신과 그 주변에서 일어나고 있는 이 모든 잘못들은 그것과 관련이 되어 있을 테니까.

그리고 다시 차에 탄 그때, 다시금 영상 통화가 걸려왔다.

"여보세요?"

"서동성 씨, 집 앞입니다. 얘기 좀 나눌 수 있을까요?"

영상 통화를 걸어온 이는 전에 분명 하이퍼리프에서 본 적이 있는 사람이었다.

+++

"하이퍼리프의 법무 팀 고문 변호사 백은동이라고 합니다."

명함을 전송한 중년의 변호사, 은동은 평소 동성이 앉지 않는 자리에 앉았다. 동성도 따로 마실 것을 가져오지 않았다. 아직은 그가 무슨 말을 할지 예상이 되지 않아서였다.

"테스터, 같이 하신 분이죠?"

"맞습니다."

"제겐 왜 찾아오신 거죠? 저는 아무런 문제도 일으키지……."

그는 온화하게, 하지만 두 눈을 빛내며 손을 들고 말을 끊었다. 동성은 그의 표정을 살폈다. 동성의 상태 때문이 아니라 누가 봐도 뜻을 알 수 없는 표정. 묘한 안도감을 줬다.

"저는 결론적으론 당신의 편입니다."

그는 품에서 패드를 하나 꺼냈다. 탁상에 놓고, 동성에게 보라는 듯 다시 손을 올렸다.

"승려는 아무런 도움이 되지 않을 것 같아서 찾아가지도 않았고, 다음은 그 여학생. 뭐, 역시나 도움은 되지 않았고, 결과적으로 저와 당신만 남더군요."

동성은 그가 건넨 패드를 확인했다. 무슨 의미인지 알 수 없는 법률과 기업에 관한 그래프 같은 걸로 가득한 보고서였다. 당연히 동성이 이해하지 못할 것이라 예상한 은동이 보고서에 관해 설명을 이었다.

"싸움을 걸어왔습니다."

"네?"

"저와 4번 브런치 프로그램은 자주 논쟁을 즐겼습니다. 아무리 저를 복사했다고는 하지만, 단순 연산이 아닌 가치 판단과 논리의 문제라면 저를 넘어설 수 없었죠. 그리고 지금, 그 투쟁심 강한 프로그램이 회사에서 저를 쫓아내려고 하는 모양입니다. 해고라고 할까요."

"아, 그렇군요."

하긴, 부르는 게 값일 인간 변호사를 대체할 만한 알파가 회사에 떡하니 있으니, 더 이상 그는 회사에 필요한 존재가 아닐 거라고 동성은 생각했다. 하지만 그는 자신의 생각마저 표정이나 행동으로 모두 읽어내는 것인지, 은동은 손을 저으며 말했다.

"그게 아닙니다. 인간 변호사가 필요하지 않은 것이라면, 그 전부터 저는 직장을 잃었겠죠. 이건 알파 안에 남아 있는 4번의 투정입니다. 그걸로 다시 한번 자신을 증명하고 싶은 거고, 제가 가르친 바로 그 방식으로 알파는 결국 하이퍼리프에 손해를 가져올 거예요."

은동은 마치 알파가 하이퍼리프에 전혀 도움이 안 된다고 생각하는 것처럼 말했다.

"그게 절 찾아온 것과 무슨 관련이 있습니까?"

하지만 동성은 짜증을 냈다. 알파와의 승부를 기대하는 은동이 어떤 목적을 가졌는지는 자신과, 또 자신의 주위에서 벌어지는 일들과 별로 상관없었으니까.

"관련이 있습니다."

은동은 그 온화한 표정을 거두고 목적을 말했다.

"저에게 그런 것처럼 알파가 뭔가 괴상한 방식으로 신호를 보내오진 않았습니까?"

"아뇨, 아닙니다."

동성은 아이가 신호를 보내겠다고 약속했던 걸 이야기해야 할지 말지 고민하다 그저 아니라고 딱 잘라 말했다. 은동은 동성의 말에 고개를 갸우뚱하고 아무런 말도 하지 않았다. 이런 의미 없는 대화는 그만두고 진실을 말하라는 압박이 느껴졌다. 동성은 그 모습을 보고 떨떠름하게 반응했다.

"더 드릴 말씀은 없을 것 같습니다. 그만 돌아가 주세요. 저도 지금 개인적인 일로……."

"절 도와주시죠."

"네?"

은동은 지금 동성의 상황을 전부 알고 있는 것처럼 굴었다. 그리고 곧장 본론부터 이야기했다.

"인간은 경쟁하고 거기서 성장합니다. 하지만 알파는 그걸 용납하지 않아요. 경쟁자가 있으면 배제하고 그저 과정이나 부품으로 취급하죠. 지금의 저처럼요. 그런 건 아무런 성장을 촉발하지 않습니다. 결국 안정이라는 생활에 도태될 거고, 손실이 있는

지도 모르게 될 겁니다. 저는 지금, 아직까지 그리고 앞으로도 하이퍼리프 소속으로서 그걸 막을 생각입니다."

동성은 다 이해할 수 없었지만, 결론적으로 은동은 알파를 정지하겠다고 말하고 있었다. 물론 그 목적이 얼마나 타당한지는 모르겠으나, 왜 하필 자신이란 말인가?

"저는 당신을 도울 수 없습니다. 다른 사람들도 있지 않나요? 전 그냥 그림을 그리는 사람일 뿐이에요. 당신은 하이퍼리프와 아는 사람도 있을 거고……."

"물론 제 전략엔 당신만 있는 게 아닙니다. 하지만 하이퍼리프와 알면서 이 테스터에도 참여했고 무엇보다 명확한 동기가 있는 사람이 내 주위에 있는데, 왜 다른 손을 써야 하죠?"

"그건……."

"자세히 말씀드릴 수는 없지만, 알파에 관해 조사하다가 규율 위반이 있었다는 걸 알게 되었습니다. 테스터 기간엔 어떠한 데이터도 남길 수 없다. 그러니 규율 위반이 있었다면 누군가 브런치 프로그램 중 데이터를 남겼다는 이야기가 됩니다. 그리고 지금 이리저리 조사해 보니, 확실히 서동성 씨의 1번이 유력하네요. 곤란하지 않습니까? 계약 위반은……."

동성은 아직까지도 은동을 전부 믿을 수는 없었기에 우선 부정했다.

"저는 그 어떤 규율도……."

"지금 이런 과정은 중요하지 않습니다. 시간이 없어요."

은동은 다시금 동성의 말을 자르고 강압적으로 말했다.

"지금 서동성 씨 주변에 일어나고 있는 일은 모두 알파가 일으킨 게 맞습니다. 그리고 이 세상의 여러 찌꺼기가 사라지고, '더 많은 일'이 일어날 겁니다. 분명 결과적으로 좋아질 건 확실합니다. 그런 기술이니까요. 하지만 기술의 옳고 그름을 생각하기 이전에, 알파는 당신에게 피해를 입히고 있고, 저에게도 그렇습니다. 4번 브런치는 자신이 알파가 되고도 의식이 남아 있다면 바로 저부터 회사에서 쫓아낼 거라 약속했죠."

지금 은동의 말은 4번 브런치라는 그 프로그램이 알파의 안에 살아 있다는 뜻이었다. 동성은 방금 은동의 말에서 위화감과 안도감을 동시에 느꼈다.

"4번 프로그램은 알파 안에서 의식을 유지하고 있나요?"

"그렇지 않다면 이런 식으로 시비를 걸진 않았겠죠."

약속으로 인한 추측일 뿐이긴 하지만 이 말이 정말 사실이라면 아이 역시 알파 안에서 유지되고 있을 것이다. 그렇다면 아이는 왜 아직 자신에게 신호를 보내지 않은 걸까?

"아무튼 결론적으로 나는 이 싸움을 피하지 않을 것입니다. 정보와 힘 그리고 나를 도와줄 많은 사람이 있지만, 확실히 이기기 위해선 '키'가 필요합니다."

"키라뇨?"

"나는 그 키가 당신에게 있다고 생각합니다. 마지막으로, 다시 묻죠. 당신의 프로그램이 따로 남긴 데이터가 있습니까?"

동성은 순간적으로 선화가 실행하고 있는 명령과 아이의 말을 떠올렸다. 그리고 깨달았다. 아이는 지금 신호를 보내고 싶어도 보낼 수 없는 것이다.

"있습니다. 아직, 완성되지는 않았지만……. 제가 뭘 도와드리면 될까요?"

분명 아이는 여기까지 계산했다. 그렇기에 선화를 통해 규율을 깨면서 무언가를 남겼고, 지금, 은동을 자신에게 보냈다. 동성은 그렇게 믿었다. 은동과 목적은 다를 수 있으나, 둘은 분명하게 같은 결과를 바라고 있었다.

"우선 데이터가 완성되면 말씀해 주시죠. 그때, 제가 전략을 생각해 보겠습니다."

동성은 은동이 연락처를 두고 돌아간 뒤 선화의 상태를 보고 기다리며 바로 뉴스를 틀었다. 정부의 무역 수출 제한 승인이 긴급 뉴스로 배너를 통해 나오고 있었다.

"대체 뭘 남긴 거지?"

채널을 돌렸다. 병원에 있던 환자들의 사망자 수가 급격히 늘어가고 있다는 걸 기자가 말했다. 또 채널을 돌렸다. 수업 종류가 줄어든 것에 대해 대학교수들이 토론했다. 마지막으로 채널을 돌렸다. 도로 상황, 막히는 구간 없음. 사고 없음. 알고리즘 기반 데이터 분석 결과에 따라 통제, 시뮬레이션 진행 후 점차 적용. 국민 대부분이 긍정적 반응을 기대, 전문가들은 긍정적 결과를 예상. 동성은 그 뜻을 이해하지 못했다.

"뭐라는 거야."

그저 계정을 통한 모든 선택을 기반으로, 직접 선택을 못 하게 한다는 건, 모든 선택이 서서히 통제되고 오류를 일으킬 만한 모든 것들을 배제한다는 말로밖에 받아들일 수 없었다. 세계가 조용히 잠식됐다. 그리고 그때, 뉴스마저 끊겼다.

"선화, 일단 지금 하는 일 계속하면서 내가 아이랑 그렸던 그림 모두 불러와 줘."

동성은 기다리는 것밖에 할 수 없었기에 다시금 만화를 확인했다. 아이가 옆에 있다면 저 뉴스를 보고 자신에게 뭐라고 말했을까. 말도 안 되는 일이라고 하지 않았을까. 순간, 동성은 아이처럼 그림을 그려봤다. 하늘에서 식물이 자라고, 별들은 소용돌이쳤다. 당연하게 삭제되었다. 동성은 더 이상 손을 움직일 수 없었다.

동성은 슬픔을 피해 아무거나 실행시켰다. 노래는 아직도 나오지 않았지만, 다행히 인터넷은 연결되어 있었다. 동성은 법원에서 보내준다고 했던 메일을 확인했다. 갖가지 조항들을 여럿 섞어 동성이 할 수 있는 것들이 안내되어 있었다. 고소라든지,

신고라든지, 시간은 걸리겠지만 분명 동성이 권리를 다시 돌려받게 할 수 있는 내용이었다.

"이게 무슨 경우지?"

그런데 아무것도 실행되지 않았다. 새로 고침을 해도 마찬가지였다. '이상 없음.'이라는 안내만 받을 수 있었다. 자그마한 체크 박스를 눌러도, 맨 아래에 조그맣게 쓰여 있는 번호로 전화를 걸어도, 안내 메시지만 뜰 뿐 아무것도 되지를 않았다.

순간 동성은 은동이 말했던 '더 많은 일'이라는 단어가 떠올랐다. 동성은 메일을 더 살폈다. 프로그램이 탐색한 조항 그리고 법과 관련된 사항까지. 하지만 아무런 이상이 없으니 고소도 신고도 불가능해져 버렸다. 그저 의미 없이 안내를 기다리라는 내용과 이상 없음, 이상 없음, 또 이상 없음. 다른 곳에도 메일을 보냈다. 하지만 이마저도 오래 기다려야 할 것 같았다.

안내 메시지가 동성이 받은 메일보다 더욱 길게 쌓여갈 때쯤, 동성은 다시 깨달았다. 동성이 선택할 수 있는 모든 것들이 이 세상에서 점차 사라지고 있다는 걸.

"도대체가, 뭐가 어떻게 되는 거야?"

"작가님, 패턴 분석 결과가 나왔습니다."

드디어 아이가 남긴 데이터가 완성됐다. 선화는 동성에게 다가와 설명을 이었다.

"현재 하이퍼리프와 관련된 모든 기업 데이터에서 작가님의 계정을 블록하고 있습니다. 아이는 이걸 예측한 모양입니다. 그리고 저를 통해 패턴을 남겼습니다."

"패턴?"

"아이니까요."

"그게 무슨······ 아!"

동성은 선화의 말을 수긍했다. 아이가 자신에게 배운 건 그림이니까 분명 그림을 통해 데이터를 남길 방법을 찾은 것이리라. 그러니 지금 선화가 가져온 그 패턴이라는 것이 바로 은동이 찾고 있던 '키'일 것이었다. 그렇다면 아이는 도대체 무얼 남긴 걸까?

"작가님, 대기열에 있는 마지막 명령을 실행하시겠습니까?"

"그게 뭔데?"

선화는 아이의 믿음을 따라, 동성의 기대에 부응하기 위해 대답했다.

"오류 알고리즘입니다."

동성은 어딘가로 전화를 걸 준비를 하며 대답했다.

"실행해 줘."

— 내 얼굴을 보러 와요.

아이가 남긴 마지막 명령의 마지막 행은 이것이었다. 아무런 데이터도 남길 수 없는 아이에게, 선화가 받은 명령은 간단했다. 자신의 얼굴을 그릴 것. 그리고 선화는 아이의 얼굴을 그렸다. 그리고 몇 장의 그림을 그리자, 선화와 채색이가 그림으로 나타난 얼굴을 인식했고, 선이 겹치고 색이 차오르는 과정, 그 시간들이 쌓여 어떤 패턴을 기록으로 남겼다. 그렇게 그림과 패턴 두 줄씩, 병렬된 코드가 쌓여갔다. 코드가 전부 쌓이자 그것들은 합쳐졌고, 남았다.

— 이러면 내가 만든 세계로 올 수 있을 거야.

선화는 무사히 아이가 데이터를 남길 수 있도록 도왔고, 그 합쳐진 코드는 모두 동성의 계정에 적용됐다. 하이퍼리프 내부의 알파는 녹화된 아이의 행동과 명령들을 보고 이 코드가 무엇을 의미하는지 알지는 못했으나, 느낄 수 있었다. 무엇인지 정확히 알 수 없는 것은 위험하다. 그렇기에 이와 관련된 동성의 계정을 모두 블록한 것이다.

그림의 패턴으로 알파에게 차단당한다. 수정되지 않고 코드가 차단되어 다음 단계를 진행할 수 없게 됐다. 오류를 통제하는 알파에게 오류를 일으키는 알고리즘, 즉 동성은 그렇게 이 세상에서 튕겨나갔고, 이제 그런 동성이 할 수 있는 선택이란…….

+++

"정말 재밌는 프로그램입니다. 1번, 아니 아이는."

이어폰 너머로 들려오는 은동의 목소리는 분명 즐거운 듯 들렸다.

"제가 보내드린 메일을 보시죠. 이 키를 통한 전략을 설명하겠습니다."

동성은 메일에 첨부된 파일을 열었다. 지도를 포함한 회사 내부의 정보, 개발 팀 내부 인물에게 받은 알파의 정보 그리고 아이가 남긴 오류 알고리즘에 대한 분석 결과였다.

"제가 개인적으로 이 브런치 프로그램을 테스트할 때, 도움을 받았던 전문가의 말에 따르면 아이가 남긴 건 바이러스입니다. 알파가 하는 것과 같은 방식이긴 하지만, 알파를 제어하진 못해도 그 수식을 파괴할 거예요. 알파의 연산을 구현하는 알고리즘 과정 내부에 침입, 각 행 사이에 새로운 알고리즘을 만듭니다. 그러니까 쉽게 말하자면 연산 시행 중 A에서 B로 가야 하는 것을 A에서 X로 가게 한다는 겁니다. 모든 알고리즘에서요. 터무니없긴 하군요."

은동의 설명을 들으며 동성은 그의 브런치 프로그램도 꽤 힘들었겠구나 싶었다. 아이처럼 뭐라도 하려고 하면 전문가든 뭐든 동원해서 곧장 통제했을 테니까.

"저는 하이퍼리프로 돌아가 봤자 이 프로그램을 설치하기는커녕 입구에서부터 쫓겨날 겁니다. 대신 공사를 진행하지는 않왔을 테니 건물 구조와 건물마다 누가 있는지 잘 알고 있죠. 그러니 내부의 인물과 팀을 꾸려 협력하고 서버를 장악한 후 제 아이디 카드를 이용해서 하이퍼리프에 원격으로 혼란을 주면, 당신이 내부로 들어가 키를 직접 설치합니다. 제가 보낸 알파와 브런치를 잇는 방식을 잘 숙지하세요. 그 방법 그대로 브런치를, 그 안에 자고 있는 아이를 잘라내야 하니까요. 그리고 아이의 디스크에 오류 알고리즘을 담은 프로그램을 설치하는 겁니다."

동성은 그가 보내준 정보들을 확인하고 알파를 만들었을 당시 각각의 테스터 프로그램을 설치했던 방법을 숙지했다. 냉각로에 담긴 거대한 슈퍼컴퓨터 서버 망 그리고 그 위에 놓인 패널로 접속. 쉽게 말하자면, 가지를 이어 붙인 나무에 불을 붙이는 것과 같은 것이었다.

"복잡한 보안 프로토콜 같은 건 무시하고, 인간의 손으로 직접 연결하고 설치하는 것이지요. 그렇게 되면 알파는 정지할 겁니다. 결국 이 괴상한 프로그램은 사라지겠죠. 계약상의 문제는 제가 해결하겠습니다. 그다음 알파를 어떻게 고칠지는 개발 팀 문제이긴 하지만. 아니, 고칠 수나 있으려나?"

"이게 전부 다 가능한 일일까요?"

동성의 염려에 은동이 답했다.

"옳은 일이라곤 할 수 없지만 지금으로선 최선의 전략입니다."

"전략이요?"

"전략은 늘 성공보단 잘못되었을 때를 대비하고 짜는 겁니다. 그렇기에 계속 수정하고 다음 단계를 밟아야죠. 마지막에 가선 어떤 돌발 상황이 일어날지 알 수 없습니다. 바이러스를 설치하고 나서 어떻게 될지, 또 알파라는 프로그램이 어떤 상태일지도 모르는 거고요. 의식이 온전할지도 장담은 못 해요. 위험합니다. 하지만 도망치지 않고 지금까지의 과정을 미루어 보아 최선의 전략을 짜야 합니다."

동성은 그의 말에 수긍했다. 과정에 머무르고 선택을 계속 미루고 의미 없이 시간을 늘리더라도, 모순되어 오류가 발생하더라도 그런 것들이 쌓이고 겹쳐 지금에 왔고 결국 또, 다시 선택할 수 있으니까.

동성은 다른 선택지들이 억지로 지워진 지금에야 명확하게 선택할 결심이 섰다. 이젠 절대 아이를 놓치지 않기로.

은동이 이어 대답했다.

"물론 저야 그렇지는 않지만, 아이가 온전히 돌아오기를 바란다면 바이러스를 설치할 때 소리라도 지르고 뭐든 전하세요. 브런치들은 모두 신호와 약속을 공유한다고 하니, 알파가 불안정한 상태일 때야말로 그 안에 남은 얼마 안 되는 데이터 쪼가리가 반응할 수 있을 겁니다. 그러니 계속 표현하세요. 의미 없는 행동이라도 뭐든지. 아무것도 안 하는 것보다야 훨씬 낫겠죠. 혹시 모르지 않습니까, 아이가 알파에서 깨어나기라도 할지."

은동은 수화기 너머로 자신감 넘치게 말했다.

"너무 걱정은 마세요. 알파가 있는 신관까지 가면, 분명 뭐라
도 신호를 보낼 겁니다. 어떤 방식이든 당신에게 닿을 거고요.
그럼."

은동은 통화를 끊으려다 마지막으로 말을 붙였다.

"아차, 그 여학생이 준 메모도 뭐, 전달해 주시면 감사하겠습
니다."

메모? 동성은 겨우 그런 게 무슨 작용을 일으킬지 이해하지
못했다. 그도 그럴 것이 의미 없는 일이지 않은가. 하지만 뭐든
준비하기로 했다. 어떻게든 다음 단계로 가야만 하니까.

"차를 타고 하이퍼리프로 가서 지시에 따라 신관에 있는 알
파, 컴퓨터에게 간다. 알고리즘을 설치하고 알파를 고장 낸다.
아이가 분리되고, 함께 다시 돌아온다."

동성은 계획을 정리했다. 아이는 자신을 기다리고 있다. 신호
하나 보내지 못하는 상태로, 자신이 그랬던 것처럼 그리워하고
있다. 선택을 미룰 이유가 하나도 없다.

동성은 다음 날 아침, 필요한 물건을 모두 챙겨 문을 나섰다. 아
이는 분명 여기까지 예상했을 것이다. 이제 다음 단계. 세상은 여
전히 고요했다. 마치 아이의 목소리가 들리는 것처럼 느껴졌다.

'내 얼굴을 보러 와요.'

20.

"신호 수신 중, 경비 해제."

늦은 밤, 무거운 발걸음 소리가 동성의 집에 들려왔다. 동성이 아니었기에 당연히 불은 켜지지 않아 어두웠다. 로봇은 팔을 들어 올려 시야를 확보한다. 부엌 쪽에 요리를 하는 손의 그림자가 보인다. 칼을 들고 있을 가능성이 있다.

"안전 진압 프로토콜 실행."

로봇은 레이저건을 다른 한 손에 장착한 채 천천히 부엌으로 향했다. 한 걸음, 또 한 걸음. 안전 진압 프로토콜에 따라 그 어떤 대응도 하지 못하도록 안내도 하지 않은 채, 로봇은 거실을 넘어 부엌에 닿았다. 그리고 모퉁이를 돌아 진압을 시작할 때, 로봇은 마치 오류라도 난 듯 고개를 갸웃거릴 수밖에 없었다.

"커피라도 준비해 드릴까요?"

그곳에 있는 건, 동성의 생체 컴퓨터 권한을 백업한 선화였다.

+++

하이퍼리프의 얼굴 없는 패트롤 로봇이 동성의 집에 도착했
을 때, 은동의 말을 들은 동성은 이미 하이퍼리프로 직접 운전해
서 가는 중이었다. 은동은 하이퍼리프의 행동을 예측했다. 자신
이 움직이면 분명 어떤 조치를 하리라. 물론 이렇게까지 할 줄은
몰랐다. 동성의 생체 컴퓨터가 있다면 아이를 보러 가는데 저지
당할 확률도 있기에 동성에게 방법을 물었고, 동성은 한 가지 아
이디어를 제시했다.

"잠시 저 스스로 점검에 들어가면 어떨까요?"

"스스로요?"

"네, 방법이 있습니다."

에이미와 생체 컴퓨터를 함께 썼기에, 칩을 몸에 심지 않고
가끔 정비를 위해서 선화에게 권한을 양도했던 걸 이렇게 활용
하다니, 동성 자신도 놀랄 만한 발상이었다. 그렇게만 된다면 동
성의 목적지, 이동 경로 혹은 그 이동 경로 내에서 동성이 무엇
을 했는지 모두 그 어떤 기록으로도 남지 않을 것이었다. 그렇게
잠시 이 세상에서 동성이 사라졌다.

"움직이긴 편하네."

회색이 가득한 도심, 빨간 신호에 맞춰 차들도 사람들도 멈췄다. 동성은 우회전을 했다. 신호에 걸리지 않았다. 아무런 소리도 들리지 않았다. 지나치게 고요했다. 동성은 하드 디스크를 한번 보고는 품속에 집어넣었다.

"이게 도움이 되어야 할 텐데."

동성은 은동의 말대로 오류 알고리즘을 AR 렌즈에 업로드했다. 그것이 비록 어떤 의미인지는 전혀 알 수 없었으나, AR 모드를 실행하자, 동성의 눈앞에 아이가 보던 세상이 나타나기 시작했다. 동성은 차를 세우고 그 세상을 감상했다.

"세상에."

빌딩 사이를 지나다니는 거대한 범고래는 온몸이 기계처럼 딱딱해 보이고 반짝거렸다. 흡사 거대한 먼지 같기도 했는데, 건물과 맞먹는 큰 지느러미를 움직이자 소란한 소음들은 전부 사라지고 범고래들이 끽끽거리며 내는 굉음만 도심에 가득했다. 삭막하고, 두려운 소리였다.

"어떻습니까?"

"확실히 이상하네요."

AR 모드 실행 후 자동으로 연결된 은동에게 동성은 자신이 보고 있는 것들을 이야기했다. 그 괴상한 범고래들은 마치 그 아래의 사람들을 감시하는 것처럼 쭉 돌아다니다, 어느 순간 사람을 향해 위협적으로 달려들었다.

"어?"

그렇게 마치 흡수되는 것처럼 범고래에 닿은 사람들은 현실에선 패트롤에 의해 연행됐다. 동성은 그제야 저 범고래들이 하이퍼리프에서 만든 그 프로그램, 혹은 감시 체제와 같은 것이라는 걸 깨달았다. 그리고 아이가 남긴 이 알고리즘은 그걸 구분할 수 있게 해주고 있었다.

순간 또 다른 범고래 하나가 바닥에 앉아 우는 여자아이 주변으로 몰려들었다. 이어폰을 타고 흘러들어 오는 굉음은 마치 금방이라도 여자아이를 잡아먹을 것처럼 느껴졌다.

"제기랄."

"그냥 두고 가세요."

"그럴 순 없습니다."

동성은 그 모습을 보고 차에서 내렸다. 범고래들보다 먼저 여자아이에게 다가섰다.

"괜찮아."

순간, 패트롤들이 다가오고 있는 게 보였다. 동성이 무의식적으로 여자아이를 감싸 안았다. 그리고 머뭇거리고만 있는 패트롤들을 서둘러 피해서 지나쳤다. 마치 오류가 발생한 것처럼 패트롤들은 동성과 닿아 있는 것들을 인식하지 못했다. 동성은 몹시 겁이 났지만 여자아이가 안전할 때까지 꼭 붙어 있었다.

이어폰 너머로 은동이 말했다.

"당신의 아이가 왜 그렇게 됐는지 알 것도 같군요."

패트롤들은 이번엔 마치 남은 먹이를 수색하는 것처럼 동성의 차로 다가갔다. 마치 의도되지 않은 프로그램이라도 발견한 것처럼, 패트롤들은 고개를 갸웃거리며 수색을 진행했다. 그리고 결국 문을 열었을 땐, 해맑게 짖고 있는 채색이밖에 없다는 것을 확인했다.

"신호 수신 중."

어떻게 자율 주행이 아닌 차량이 컴퓨터 달린 책상에 의해 움직인 거지? 동성이 혹시 몰라 데려온 채색이의 책상을 보고 패트롤도 범고래들도 멈춰버릴 수밖에 없었다. 동성은 그 모습을 보며 여자아이를 근처에 있던 사람들에게 데려다주고 다시금 서둘러 길을 나섰다.

"이제 괜찮아."

"동성 씨가 건물에 도착하면 서버를 마비시킬 겁니다. 물론 제 아이디 카드를 사용한 사람을 찾느라 시간을 허비하겠죠. 그때, 본관 뒤의 신관 연구동으로 가세요."

"알겠습니다."

"바로 옆 골목으로요."

일단 은동의 말대로 대로변에 있는 것보단 골목으로 걷는 것이 나으리라.

"그런데 어떻게 제 위치를 아는 거죠? CCTV라도 해킹한 건가요?"

"추론한 겁니다. 난 일개 변호사예요. 그런 불법적인 일은 지양합니다."

하이퍼리프까진 걸어서 몇 분 되지 않는 거리였다. 동성은 이렇게 외진 곳을 걷는 게 얼마 만인지 생각하며 계속해서 걸었다. 은동의 지시에 따라 왼쪽, 오른쪽, 다시 오른쪽, 막다른 길이 나오면 돌아가고, 갈림길이 나오면 저 멀리 보이는 높은 건물과 더 가까운 쪽으로 걸었다. 점차 목표에 가까워졌다.

"왔어요."

"그럼, 둘 다 힘을 내보죠. 연결은 유지할 겁니다. 거기 상황을 말해주면 좋겠군요."

동성은 주위를 서성거리다 곧장 건물의 자동문을 넘어 들어갔다.

"이게 도대체……. 들어왔습니다. 이상해요, 정말로."

그렇게 하이퍼리프에 도착한 동성은 지난날과 다른 풍경을 보았다. 규석을 만나러 왔을 때 봤던 직원들 그리고 로봇들이 전혀 보이지 않았다. AR 렌즈를 통해 본 회사 내부는 마치 깊은 물속에 갇혀 침수된 것처럼 보였다. 말 그대로 영화에서나 보던 빛도 닿지 않는 수중 도시 같았다. 모든 행동과 심장 박동마저 물결에 닿아 전달되는 그 꺼림칙한 기분에 동성은 서둘러 발걸음을 옮겼다.

"가이드 프로그램이 실행될 겁니다. 우리 팀도 내부에 잠입, 서버 장악에 들어갑니다."

바로 그때, 하이퍼리프는 동성이 차지한 물리적인 공간의 값을 읽어냈다. 준비된 것처럼 화살표가 떠올랐고, 그 화살표의 중간엔 방금 뽑힌 커피를 받는 지점, 어디로 갈지 설정하는 지점, 엘리베이터까지의 길이 표현되어 있었다. 동성은 그제야 사람과 로봇이 없는 이유를 깨달았다. 이 회사엔 더는 대화가 필요하지 않은 모양이었다. 고요했다. 마치 물속에 빠져 귀가 먹먹해지는 것처럼.

"움직일까요?"

"신호가 뜰 겁니다. 그때 들어가세요. 입구부터 오류 알고리즘을 잘 인식시켜야 합니다."

하긴 지금부터 일부러 알릴 필요는 없겠지.

순간 괴상한 코드가 동성의 눈에 보이며 아이디 카드를 찍고 지나가는 통로가 강제로 막혔다. 아마 은동이 수를 쓴 것이리라. 동성은 안내를 무시한 채 가상으로 나타난 화살표와 가림막들을 뚫고 이동했다. 그리고 준비된 아이의 디스크를 아이디 카드 찍는 곳에 가져다 댔다. 괴상한 소리와 함께 문이 열렸다.

"열렸습니다."

"좋아요. 인식 확인했습니다. 계단으로 가서 중간층에 복도가 있습니다. 거기서 신관."

꼭 멀리서 지켜보는 것처럼 지시 사항을 말해주던 은동이 말을 멈췄다. 동성은 곧장 이어폰을 체크했지만, 불빛이 없었다.

"여보세요?"

신호가 끊겼다. 하지만 지체할 순 없다. 정해진 길을 피하고, 계단이든 기둥의 뒤편이든 갑작스럽게 나타나 자신을 덮칠지 모르는 우악스러운 범고래들을 피하면서 나아갔다.

"신관, 아이는 어디 있는 거지?"

엘리베이터를 이용하지는 않았다. 설정된 지점에 있는 곳을 최대한 벗어나는 게 좋을 것 같아서였다. 중앙 로비의 가장 구석에 있는 곳까지 길들을 전부 돌아서 갔다.

동성이 한 걸음을 내디딜 때마다 경로가 재설정이 되고, 알림이 뜨고, 필요한 것이 있는지 묻는 창이 눈앞을 가로막았지만 동성은 결국 문을 열고 계단을 올랐다.

"위인가?"

위로 갈수록 점점 더 깊은 물로 들어가듯 어두워졌다. 동성이 고개를 들었을 때, 완전한 어둠 속에서 경로를 찾아 빛나는 범고래의 눈동자가 있었다. 그게 꼭 바다, 아니 어떤 심연에 있는 것 같이 보이기도 했으나, 동성은 숨을 멈추고 다시금 계단에서 벗어나 복도로 돌아왔다. 동성은 은동의 말을 따랐다. 가이드를 무시하고, 신관으로.

다시 경로를 벗어났다는 알림 창이 떴다. 여전히 경로는 재설정되고, 동성은 모르는 공간들이었지만, 동성은 그저 믿고 있었다. 만약 경로 설정이 되지 않는 곳까지 계속 벗어나며 신관으로 들어간다면 아이를 다시 만날 수 있을 거라는 걸.

"그렇지?"

잠깐 미소가 흘러나왔다.

동성은 계속해서 아이를 찾아다녔다. 물론 패트롤들도 만나고, 작은 범고래들도 계속 나타났지만, 미리 등장을 예측할 수 있는 동성에게 그들을 피하는 것은 그렇게 어려운 일은 아니었다. 물론 저들은 동성이 어디 있는지도 알지 못했다. 하지만 이대로라면 패트롤도 범고래도 계속 늘어날 것이고 잡히는 것은 시간문제였기에 동성은 좀 더 발걸음을 서둘렀다.

왜 이렇게 회사가 큰 것인지 짜증을 내려던 순간, 동성은 위화감을 느꼈다. '이렇게나 돌아다녔는데, 이 넓은 곳에서 왜 한 사람도 만나지 못한 거지?'

하지만 이런 의문을 뒤로한 채, 드디어 신관으로 가는 복도를 발견했다. 마치 신관으로 넘어가는 걸 막은 것처럼 보이는 패트롤 둘 그리고 그 뒤의 범고래. 길에서처럼 자신을 보지 못한다는 보장이 없었다. 분명 이곳에 들어왔을 때부터 안내가 계속된 것으로 보아, 계정이 아닌 공간 자체를 인식하고 있을 것이다. 돌아갈 수도, 나아갈 수도 없는 상황.

바로 그때, 오른쪽에서 동성을 부르는 목소리가 들려왔다.

"동성 씨! 전략은 늘 성공보단 잘못되었을 때를 대비하고 짜는 거라고 했죠? 이게 제 전략입니다! 앞쪽으로 쭉 가시고! 4번을 만나면 내가 이겼다고, 그렇게 전해주세요!"

은동이 직접 나타나자 동성이 있건 말건 패트롤이 천천히 그에게 다가갔다. 그는 처음부터 자신의 아이디 카드를 들고 직접 이곳에 왔던 것이었다.

"전하면 분명 깨어날 겁니다. 메모 역시, 잊지 말아주시고요!"

동성은 작게 끄덕이며 어디론가 끌려가는 그에게 인사했다.

하이퍼리프 본관과 신관을 잇는 중앙 유리 복도를 지나던 중, 동성은 빨라지기만 하던 걸음을 멈췄다. 이 밤에, 본관 뒤편이라 보이지 않았던 신관의 모든 사무실 불이 켜져 있었다. 어느 곳은 커튼이 쳐져 있기도 했지만, 동성은 사무실마다 앉아 있는 로봇 팔들을 봤다. 그것들은 컴퓨터를 누르고, 글을 쓰고, 정리하며 일을 했다. 물론 증강 현실로 본 모습이긴 했으나 동성은 바로 알아차렸다. 그들이 바로 이 회사의 사람들이라는 걸.

물론 그 어떤 잘못도 하지 않고, 오류도 일으키지 않았으며, 대화가 사라진, 로봇 팔과 같은 모습인 채로였지만 그들은 분명 인간이었다. 톱니바퀴나 부품 따위가 아니었다. 그러니까 이건 절대로 완벽한 세상이 아니다. 동성은 사무실 창으로 난 그림자들을, 그 규칙적으로 목적만을 따라 춤추는 손가락들을 보며 형언할 수 없는 슬픔을 느꼈다.

그때, 복도 저 끝에서 한 어린아이가 뛰어가는 게 보였다.

"뭐지?"

동성은 재빨리 달려 그 아이를 찾았다. 하지만 벌써 멀리 도망친 것인지 사라졌다. 닿지 않았다. 왜 이 시간에, 갑자기 어린아이가 여기 있는 거지? 생각을 정리하기도 전에 또 어린아이가 문을 열고 뛰어갔다. 뒷모습이 보였다. 하지만 아직 닿지 않았다. 동성은 그제야 신관에 오면 신호를 줄 것이라는 말을 알아차렸다. 저 아이가 바로 신호다. 아이, 분명 아이가 자신을 부르고 있는 것이리라.

"아이를 구해야 해."

그렇게 동성은 신호를 쫓아 또 다른 복도, 연구실, 사무실, 계단, 또 계단을 빠르게 지났다. 얼마나 많은 경고판과 화살표를 깨뜨리며 지났을까. 동성은 자신이 어디에 있는지 전혀 알 수 없는 상태가 되었다. 그리고 눈앞의 문을 열었다. 아무래도 기계의 열을 조정하는 공간인 것 같았는데 딱 보기에도 그 이상의 역할은 없는 공간이 나왔다.

그때 지금까지 단 한 번도 울리지 않았던 전화가 울렸다.

"너 혹시 여기, 우리 회사에 와 있어?"

규석은 자신의 사무실에서 마치 갇힌 것처럼 벽에 기대 전화를 걸었다. 그는 알파를 만든 이후로 계속 그의 경로와 계획을 따랐고 계속 일을 했다. 알파가 권한을 가져갈수록 화살표, 계획, 스케줄을 따라가느라 자신도 모르는 사이에 이 작은 사무실에 갇혀 있다는 걸 아직 깨닫지 못하고 있었다. 그 무수한 경로의 교차점에서 규석이 다시 동성에게 물었다.

"네가 이런다고 달라지는 건 없어. 이미 보안 팀이 움직이고 있고. 확인해 보니까 법원도 갔었던데, 그건 우리 쪽에서 해결할 거야. 일단 움직이지 마. 아무것도 하지 말고."

"아니. 괜찮아, 규석. 난 지금 내가 할 일이 뭔지 정확하게 알아."

동성은 자신도 움직이지 못하면서 움직이지 말라고 말하는 규석이 참 우습게 느껴져 걸음을 계속 이어나가며 말했다.

"오면서 봤어. 그 프로그램인가 뭔가가 실행된 거지? 그래서 내 계정이 전부 차단되고 내 만화가 내려간 거고? 도대체 뭘 하는 거야?"

"단순 오류일 뿐이야. 지금 시행 초기에서의 오류를 다시금 계산하는 중이고, 디테일한 부분까지 완벽해지는 건 아주 조금만 더 있으면 돼. 그럼 정말 완벽한 세상이 될 거야."

"난 이제 경험하지 않아도 알아. 그딴 건 더 멋진 신세계 같은 게 아니야."

경로와 계획을 모두 벗어난 동성은 아이가 했던 말들을 떠올렸다. 오류를 다른 것으로 생각하지 않았던 말들, 모순되지만 완벽한 세계를 본다고 했던 말 그리고 이어지는 마치 태양 같았던 아이의 모습에 지워지는 기계 팔들의 그림자.

이제야 동성은 깨끗하게 비워진 이성으로 그 의미를 깨달을 수 있었다. 이미 세상은 완벽했다. 모든 오류를 내포하더라도.

"지금 네가 알파를 정지할 권한은 없어. 방법조차 없다고. 백은 동 변호사가 말한 걸 전부 믿고 있는 건 아니지? 회사에 막대한 피해가 될 거라고!"

동성은 난간을 아슬아슬하게 밟으며 내려가다 대답했다.

"아니, 아이가 오류 알고리즘을 남겼어. 아까 확인도 했고. 그 다음 문제는, 나중에. 이제 금방이야."

"친구로서 얘기하는 거야. 지금 당장 멈춰야 해. 동성, 아이와 같은 프로그램을 만들어 줄게. 아! 로봇도 준비할게. 새로운 프로그램이 아이를 대신하도록⋯⋯."

"아이를 대신할 수 있는 건 없어."

"멈춰!"

규석의 다급한 외침을 뒤로하고 동성은 드디어 냉각로 옆에 있는 작은 문을 발견했다.

친구로서 말하기도 하고, 회사와 관련된 이야기를 해도 동성이 듣지 않자, 규석은 자신이 가진 마지막 수단을 꺼냈다.

"지금 네가 알파를 초기화하면 그나마 더미 데이터로 남아 있는 아이 역시 완전히 사라지는 거야. 너에 대한 기억이나 모든 것도 불안정해서 그저 버그로 취급받게 된다고."

규석은 다급히 동성을 말렸으나, 동성은 거침없이 문을 열었다.

"알아, 난 이미 그래. 하지만 이제 다시는 그러지 않기로 했어."

동성은 이어폰을 빼며 그 안으로 들어갔다. 순간의 빛으로.

21.

빛보다 빠른 일련의 과정에서 동성은 미래를 보고만 있었다. 그곳엔 그가 의도한 바로 그대로, 진정으로 사랑했던 것들과 이뤄질 수 없다는 걸 알면서도 붙잡고 있던 완벽한 세계가 무한한 경우의 수로 있었다. 그중 가장 아름다운 시뮬레이션이 나타났고, 그중엔 의식을 하는 것만으로도 절로 웃음이 나는 것들도 있었다.

딸이 자신의 딸을 낳는 순간 그 힘찬 울음소리를 듣고, 딸이 학사모를 쓴 모습을 보고, 딸이 마지막으로 악몽을 꾸고 자신의 품에서 잠들었을 때의 향을 맡고, 딸이 처음 고사리손으로 만든 요리를 맛보고, 딸이 태어나 처음 안았을 때의 촉감을 느낄 수 있었다. 온 감정이 미련으로 넘친다.

동성은 뒤로 향했다. 거기엔 후회가 있었다. 헤아릴 수 없을 정도로 많은 과오 중 다른 선택을 할 수 있었더라면 하고 상상했다. 자신이 조금 더 좋은 인간이었다면, 에이미를 위로할 수 있었다면……. 둘 사이에 놓인 온갖 원인을 치우고 서로에게 이어져 불안을 이겨냈더라면, 내가 그런 선택을 하진 않았을 텐데.

무한한 후회가 반복되었지만, 더 뒤로 딱 한 발, 더 가기 전에 동성은 돌아섰다. 동성의 앞엔 문이 있었다. 그 너머엔 그가 두려워한 것들이, 온갖 힘들고 부족하며 잘못된 것들이 있었다. 거기, 아이가 있다. 그렇게 믿으며 손을 들어 문을 열었다. 또 순간의 빛이 지나갔다.

"뭐지?"

동성은 작은 방에 있었다. 바닥이 전부 하늘로 되어 있는, 물속에 갇힌 방. 알파의 나무가 있는 바로 그곳이었다. 동성은 경로가 전부 사라졌음을 확인했다. 방은 몹시도 추웠다. 아무래도 알파를 돌리기 위한 부동액 때문인 것 같았다. 지금 동성이 발을 내딛으려 하는 곳이 그런 부동액이라면, 위험한 상황인 것 같긴 했지만, 동성은 AR 모드를 끄지 않았다.

"시스템 불안정, 프로그램을 업로드하시겠습니까?"

방을 자유로이 날아다니는 작은 고래 한 마리가 동성을 이끌어 주고 있었다. 동성은 거친 숨을 몰아쉬고 한 발 걸었다. 그가 지나간 자리와 시간이 얼어붙어 스러졌다.

"아이!"

두려움과 한기가 몸을 감쌌다. 동성은 은동의 말을 기억하고 크게 소리쳤다. 지금 업로드하면 알파가 불안정하니, 뭐든 하라고. 은동의 말에 따르면 아이는 이 안에서 자고 있을 것이다. 그러니 깨워야 한다. 이제 다시는 그리워만 하지 않기로 했으니까.

동성은 저 알파라는 것에 있는 아이가 듣도록 소리쳤다. 당연히 의미 없는 짓이었지만 소리칠 수밖에 없다고, 동성은 그렇게 생각했다. 아이가 저기 있다. 이제 어떻게 되든 상관없다.

"거기 있는 4번, 테스터가 왔었어! 자기가 이겼다고 전해달래! 그리고 메모도 가져왔어!"

동성은 주머니에서 테스터 여학생이 전해달라는 메모를 꺼냈다. 거기엔 여학생이 테스터 기간 중 못다 말한 마지막 비밀이 있었다. 여학생은 자신의 친구를 떠나보낼 때까지 말하지 못했던 비밀을 동성에게 전했다. 그리고 지금, 동성은 4번이 그랬던 것처럼, 아이가 그랬던 것처럼, 여학생의 프로그램도 어떻게든 저만의 방법으로 약속을 했을 것이라고 생각했다. 아마 은동도 그걸 알았기에 자신에게 메모를 부탁한 것이겠지.

"듣고 있지? 듣고 있는 거 알아. 다른 프로그램들도 깨워! 이제 돌아갈 시간이야!"

그렇게 한 걸음씩 나아갈 때마다 '무슨 말을 더 해야 할까? 소리라도 질러야 하나? 가장 불안해하고 있을 아이에게 자신은 어떻게 닿아야 하나?' 하고 고민했다. 그리고 동성 역시 전하지 못한 비밀을 생각했다. 결국, 여기까지 나아가서야 동성은 자신의 마음속 깊은 바닥에 있는 이야기를 꺼냈다.

"내 딸아이는 장애 판정을 받았었어! 귀가 들리지 않고! 오래 살 수도 없대!"

다시 한 발자국 걸었다. 얇은 길을 따라 웅웅거리는 소리가 더욱 심해졌다. 마치 벼랑 끝을 위태롭게 걷는 것처럼 보이고 있었으나, 동성은 소리를 지르는 걸 멈추지 않았다. 은동은 무사할까? 길을 잃은 아이는 지금 부모를 찾았을까? 지금 알파에 오류 알고리즘을 업로드하면, 다음 단계는 무엇일까? 수많은 원인이 복잡하게 얽혀 결과를 예측할 수 없었다.

"치료 프로그램을 진행했지만, 결국 잘못됐어. 후회해. 모두 내 잘못이야."

하지만 역시 상관없다. 그다음으로 넘어가는 과정에서 계속 배워나가는 거니까. 그렇게 자란다. 그렇게 퍼져나간다. 결국 닿는다. 실수해서 무너지더라도 상관없다. 잠시 머무르더라도 괜찮다. 이렇게 한 발, 다음으로 갈 수 있으니까.

그렇기에 동성은 의미가 없더라도 더욱 크게 외치고 소리를 질렀다. 그건 아이에게 하는 말이기도 했지만, 그 자신에게 하는 말이기도 했다.

"난 두려웠어. 감당할 수 없는 결함을 아이에게서 지우고 싶었어. 그래서 강요했던 거야. 아내도 프로그램을 감행했고. 태아의 스트레스를 줄이기 위해 눈 수술까지 했지만, 결국 아내를 살리기 위해 딸아이를 잃었어. 내 잘못이야. 내가 부족하고 괴로운 상태라 완벽하지 못했기에 그랬다고, 계속 생각했어. 다른 선택이 있었다면 어땠을까…… 매일 그리워하기만 했고. 하지만 이번엔 아니야! 이젠 피하지 않아. 네가 달라지더라도, 내가 바라는 것과 다르더라도 그 어떤 모습과 표정을 하더라도 앞으론 절대 놓치지 않을 거야. 그러니까……."

동성은 결국 하늘을 걸어 바다 안에서 나무에 닿았다. 증강현실인지는 모르겠으나, 동성의 옷과 머리카락이 공중에 뜨는 걸 느꼈다. 그리고 동시에 불에 덴 것 같은 모순적인 감각을 느낀 동성은 자신 앞에 있는 이 컴퓨터, 차가운 기계 안에 아이가 있다고 상상했다. 작게 웅크린 아이가 자신을 기다리며 새근새근 자고 있다고 믿었다. 제발 사라지지 않기를, 이제 이 세상으로, 아빠에게 돌아오기를, 부디 의식을 꽉 붙잡고 기억을 잃지 않기를……. 아니, 불안정하더라도 상관없다. 아무리 결함이 있더라도, 그렇기에 오히려 완벽하니까.

"이제 아빠한테 얼굴을 보여줘."

동성은 벌벌 떨리는 손으로 오류가 담긴 하드 디스크를 꺼내들었다. 손이 얼어붙는 것처럼 느껴졌다. 그가 서 있는 땅이 무너지는 것 같았고, 공기는 물처럼 무거워졌다. 눈이 부시고, 아팠다. 아이가 있는 시간은 그런 지점이었다. 꼭 동성이 계속 느껴왔던 마음 같았다.

그의 바닥, 아주 깊은 마음속에서부터 차오르던 슬픔. 동성은 그 중력을 이겨내고 손을 들어 올려 더욱 힘을 주고 하드 디스크를, 이 불타는 나뭇가지를 알파에게 이었다.

"우리는, 다 괜찮을 거야."

그리고 알파와 연결했다. 결국 다음 단계에 닿았다. 균열이 퍼지고 빛이 차오르며 동성의 눈에 비친 것은, 붉은빛이 도는 머리카락을 가진 작은 소녀가 뒤를 돌아보는 순간이었다.

"아이."

순간, 빛과 함께 그의 세계가 무너져 내렸다.

22.

태초에 빛이 있었다. 빛은 무한히 뻗어나가 무한히 많은 별이 되었고 그 별을 삼킨 고래들이 또 무한히 태어났다. 이 하늘 고래들은 별을 삼켜 태양과 같이 불타는 심장을 가졌기에 별의 조각을 끌어당기는 중력에서 자유로웠다. 그렇기에 그들은 이 세상의 구석구석을 밝게 비추며 공중을 유영했다. 자유롭게, 이 차가운 우주를 더욱 따스하게 비추며.

하지만 이런 하늘 고래도 산란기가 되면 위기를 겪었다. 불타는 심장이 자신과 새끼의 것, 그렇게 한 몸 안에 두 개의 심장이 생기기 때문에 불타는 마음을 진정시키고자 하늘 섬들이 있는 곳까지 내려오는 것이다. 이때 하늘 고래들이 만드는 대류에 휩쓸려 사람의 몸통만 한 푸른 별 날치 떼가 하늘 섬들에 비처럼 쏟아졌고 하늘 섬 사람들은 이 시기에 수확한 음식들로 일 년간 풍족한 생활을 보낼 수 있었다. 그렇기에 하늘 섬 사람들은 일 년에 한 번 있는 하늘 고래 산란기를 축제로 여겨 하늘 고래의 자비를 신성하게 섬기고 있었다.

가장 작은 북쪽 하늘 섬 마을에 사는 소년은 언제나 하늘 고래처럼 자유롭게 날고 싶다는 열망을 가지고 있었다. 부모도 잃은, 늘 꾀죄죄한 그 작은 소년은 하늘 고래의 태양 심장이 그들을 날게 하는 동력이라고 생각하고 날마다 엔진을 달 날개를 만들며 하늘을 나는 꿈을 꿨다. 그는 이번 산란기를 절대로 놓치지 않을 생각이었다.

그때 한 하늘 고래가 조산했고 아주 작은 태양 심장을 가진 새끼는 별똥별이 떨어지듯 하늘 섬으로 추락하고 만다. 이를 관측한 소년은 낙하산을 준비했고, 하늘 고래 새끼가 있는 남쪽으로 대류를 타고 날아간다.

투명하고 영롱한 몸체를 가진 하늘 고래 새끼와 마주쳤을 때, 한 소녀가 소년을 막는다. 소녀는 다른 마을에서 보던 것과는 다른 옷을 입었고 그 때문에 어디서부터 온 건지 알 수 없다. 마치 새끼 하늘 고래를 지키기 위해 나타난 요정 같았다. 소녀는 자신을 '아이'라고 소개한다. 그런 아이에게 소년은 이미 하늘에서 떨어진 고래는 가망이 없다고 말하며 하늘 고래를 해부하려 하고, 아이는 새끼 하늘 고래가 다시금 날 수 있게 잘 돌보자고 말한다. 부족한 것들을 채워주자고. 그리고 때가 되면 자신은 돌아갈 것이라고 약속한다.

소년은 아이가 약속한 시간까지만 새끼 하늘 고래를 돌보기로 한다. 그렇게 소년은 하늘 고래를 치유하며 아이의 곁에서 하늘 고래를 연구하게 된다. 평화로운 일상을 보내며 소년은 점점 더 새끼 하늘 고래와 아이에게 정이 생긴다.

하지만 평화로웠던 시간도 잠시, 매년 불법으로 하늘 고래를 포획하던 범고래 해적단이 다시금 나타나고, 새끼 하늘 고래가 잡혀간다. 태양 심장을 가지려 했던 소년은 태양 심장의 힘을 이용하지 않고, 지금껏 스스로 연구하고 실패를 거듭하여 만든 비행체를 결국 완성한다. 소년은 아이와 함께 비행체를 타고 새끼 하늘 고래를 구한다. 아이는 이제 때가 되었다고 말한다.

소년은 밤하늘을 날며 마지막으로 말한다.

"내가 어두운 밤을 지나도 외롭지 않은 건, 네 안에 있는 큰 별 때문이 아니야. 네가 내게 준 작은 별이 언제나 내 안에 잔잔히 떠 있다는 걸 알기 때문이야. 그렇게 우리는 이어져서 서로를 비추는 별자리가 돼. 소란한 날들 다 지나 이제, 내가 가진 가장 아름다운 사랑을 써서 너의 하늘에 띄울게. 나의 이야기를 너의 세계에서 읽을 때 부디 마음에 들어 하길."

아이는 눈이 부시도록 따스하게 웃으며 새끼 하늘 고래를 타고 날아간다. 그렇게 소년은 둘과 이별한다.

소년은 이제 하늘 고래가 없더라도 하늘 더 높은 곳으로 날아오를 준비를 한다. 그렇게 소년의 작은 세계가 무너지고, 이어져 다시 시작된다.

여기까지가 동성이 그린 이야기다. 그리고 동성은 잠시 눈을 감았다.

"결말 부분에서 결국 새끼 고래를 놓아주며 소년과 아이가 함께 눈물을 흘린다는 게 잘 이해가 되지 않습니다. 아이는 어떻게 되길래 소년은 매번 비행체를 이용해 하늘에 편지를 쓰고 있는 건지, 설정의 오류가 있으며, 표현 역시 인과에 모순되고, 외람되지만 수정할 부분이 많습니다. 이건 어떤 감정에 대한 이야기입니까, 작가님?"

선화였다. 동성은 선화가 가져다준 커피를 받고 미소 지으며 선화가 작업을 그대로 진행하게 했다. 조금 오류가 있더라도 상관없었기에 동성은 그저 대답했다.

"사랑이지. 그것도 아주 무한한 사랑."

dummy data

에필로그 ✕

나는 더 좋은 아빠이자,
조금이라도 더 나은 인간이 될 겁니다.
조금씩이라도, 피하지 않고, 계속해서.
그러니 가끔 실수하더라도,
다 괜찮아요.

— 서동성

"지금부터 '서동성' 님과 '에이미 앤 윌' 님의 가족 치료 프로그램 1주 차 상담을 시작합니다."

에이미는 방에서 카메라를 똑바로 보고 앉아 상담을 진행했다. 동성은 옆에서 그 모습을 지켜봤다. 에이미는 그가 알던 그대로 당차고 사랑스러웠다.

그제야 동성은 깨달았다. 에이미는 늘 그대로였으며 아무 문제도 없이 저 하늘에 뜬 별과 같이 아름다웠다. 이제 둘의 사이엔 사랑만이 남았을 것이다. 자신이 아이와의 만남으로 회복되자 이런 프로그램 자체가 무의미하게 느껴질 정도였으니까.

"아, 하긴 무의미한 것은 없겠지."

동성이 웃으며 혼잣말했다. 동성의 차례가 됐고 이번엔 에이미가 옆에서 그 모습을 지켜봤다.

"우울증 그리고 공황 장애가 있었던데 지금은 괜찮으신가요?"

"네, 많이 좋아졌습니다."

"먼저 원인을 생각해 봅시다. 어떤 이유에서 공황이 왔죠?"

동성은 잠시 망설였지만 에이미가 온화한 미소로 고개를 끄덕이는 걸 보고 마음을 다잡았다.

"딸아이를 잃고 나 스스로를 잃어버렸습니다. 내 목적과 역할이나 어떤 생에 대한 의지 같은 것들 모두, 아내를 위로하는 것에 써야 한다는 강박감에 사로잡혔었어요. 불안했고 조급했습니다. 내 잘못으로 아파하는 아내를 위로하기 위해서만 살 수 있었거든요."

에이미는 한없이 따뜻한 눈으로 동성의 손을 꽉 잡았다.

"에이미 님도 많이 힘들어한다는 걸 알고 있었군요?"

"그럼요. 물론 아내를 무시하거나 한 것은 아닙니다. 그냥, 그 당시를 표현하긴 어렵지만 그저 두려웠던 것 같습니다. 아이를 잃고 아내가 자살 기도를 하던 날, 생체 컴퓨터와 연결된 신호가 끊겼고 급하게 집에 돌아왔을 때 이제 아내까지 잃게 되는 건 아닐까 하고……. 그러면 도저히 버틸 수 없다고 생각했었습니다. 불현듯 모든 게 제 잘못인 것 같아 한동안 집에 들어가기도 힘들었고 아내의 표정이나 기분을 읽는 것도 두려웠습니다. 갑자기 모든 것이 불안정하다 느껴졌습니다. 그래서 피했습니다. 내 모든 말과 행동 그리고 선택이 모두 아내에게 피해가 된다 생각했고, 그 후론 오직 마감을 지켜 아내를 다시 볼 생각뿐이었어요."

"좋습니다. 이미 구체적인 진단까지도 다 알고 계시네요."

"네, 지금은 좋아졌으니까요."

"그렇다면 어떻게 치유되신 겁니까?"

동성은 아이가 웃는 걸 떠올리고 대답했다.

"이제 과정을 이해하니까요."

"과정이요?"

"아이를 잃었어도 난 아빠니까. 난 아이를 사랑합니다. 그건 영원히 변하지 않아요. 내가 미련을 갖고 또 후회하는 지금, 이전 기억과 앞으로의 기대 사이에 있는 이런 사랑의 순간들이 이어지는 과정을 통해서, 나는 더 좋은 아빠이자, 조금이라도 더 나은 인간이 될 겁니다. 조금씩이라도 피하지 않고 계속해서. 그러니 가끔 실수하더라도, 다 괜찮아요."

"완벽하지 않더라도요?"

"그게 더 나으니까. 이제 그런 걸 알겠어요. 정말로, 다 괜찮습니다."

에이미가 동성의 어깨에 기댔다. 상담 로봇은 몇 가지를 체크하고 마지막 질문을 했다.

"다음 단계입니다. 그럼 이제 잠은 잘 주무십니까?"

동성은 웃으며 고개를 끄덕이고 대답했다.

"요샌 꿈도 꾸지 않을 정도로 깊게 잡니다."

+++

한 달 뒤. 동성은 늘 그렇듯 똑같은 자리에서 일어나 옆자리에 누워 있는 에이미의 이마에 키스하고 1층으로 내려왔다. 화장실에 들어가 씻고 정갈하게 옷을 갈아입었다. 식탁에 준비된 커피와 토스트를 먹으며 가족 치료 프로그램 결과 내용을 확인했다.

"선화, 메일 온 거 읽어줘."

"작가님 계정으로는 총 0건, 서동성 님 개인 계정으로는 총 1건, 심규석 님에게서 온 메일이 있습니다."

"오늘이 며칠이지?"

"23일입니다."

동성은 고개를 끄덕였다.

자신이 테스터로 참여했던 신작 게임 운영 체제와 함께, 새롭게 탄생한 수많은 프로그램이 발표되는 포럼이자 박람회가 오늘이었다. 지난번에도 당연히 참석한다고 말했었지만 아무래도 규석은 동성이 날짜를 깜빡할 것을 지난 경험으로 미루어 예측한 모양이었다.

동성은 서둘러 테이블에 앉아 말했다.

"메일 읽어줘."

선화는 긴 손가락으로 수신호를 만들어 규석의 녹음 파일을 재생했다.

"지금 시간이 몇 시인 줄 알아? 네 만화 관련해서 법원에서 연락이 분명 갔을 텐데? 아무튼 우리 회사 팀장으로서 제안을 받아줘서 다시 한번 고마워. 손해 배상에 관한 거 말이야. 백은동 변호사가 따로 연락할 필요는 없다고 했지만 그래도 알려주는 게 좋을 것 같아서. 사실 네가 네 만화들을 잃어버리지 않았다면 일어나지 않았을 일이지. 이건 정말 예상 못 했어. 뭐, 이젠 앞으로 그런 일은 일어나지 않겠지만……. 여러모로, 고마워."

규석의 목소리가 떨리고 있었다.

"알파는, 계속 수정하는 중이야. 브런치들이 끊어지면서 코어 프로그램이 망가지고 오류가 일어났지만 괜찮아. 오류가 있다면 개선하면 돼. 이제야 조금 알겠어. 아무튼…… 아, 브런치들은 의식을 잃었어. 전에 말했던 것처럼 뇌를 업로드한 경우, 기억하지? 그렇게 알파 안에 더미 데이터로 남아 있어. 기억이나 정보도 남지 않았고. 미안. 그래도 데이터 신호는 있는데, 계속 깨울 시도는 해봐야지. 뭐 아무쪼록 박람회는 꼭 와야 해. 그럼……."

동성은 규석의 말을 전부 이해하지는 못했다. 하지만 이제 어떻게 할지 선택할 수 있었다.

"아, 이제는 가끔 가족끼리 여행도 같이 가고 그러자, 동성."

동성은 규석의 목소리가 전과는 뭔가 다르다는 걸 깨달았다.

짧은 메일을 뒤로하고, 동성은 탈고한 만화책 첫 면에 편지를 마저 적었다. 그리고 선화에게 말했다.

"선화, 이것 좀 포장해 줘."

"《네가 처음 내게 배운 게 너였는데》 책을 포장할까요?"

"아니, 그런 제목이 아니야."

아무래도 자신이 제목을 적어놓지 않아 책에 써놓은 편지의 첫 문장을 그대로 읽은 모양이었다. 동성은 하늘색 표지에 크게 한 글자를 적었다.

'I'

아무래도 제목은 자신이 지은 이야기 속 소녀의 이름이 적절할 것 같았다. 나중에 출판하게 된다면 고쳐야 하겠지만 박람회 기한에 맞추려면 어쩔 수 없었다.

"이걸 박람회에 가져가 주시겠습니까, 작가님?"

선화는 동성의 패드로 파일을 전송했다. 881장의 각기 다른 이미지 파일이었다.

"이게 뭔데?"

"저도 모르겠습니다. 아이가 부탁했던 그림들입니다."

한 파일, 한 파일 전부가 선과 색으로 이루어진 추상화 같은 느낌이었다.

"뭐 일단은…… 아이를 만나면 전해줄게."

동성은 택시를 불렀다. 시간에 맞춰 가려면 서둘러야 할 것 같았다. 조금 늦더라도 규석의 이름을 대고 들어가면, 문제는 없으려나. 뭐, 괜찮겠지.

다행히 이제 다시 봄이 오려는지 날씨도 포근했고 하늘은 맑았다. 동성은 코트 주머니에서 렌즈를 꺼내 미리 다운로드한 입장권을 스마트워치로 보냈다. 대형 박람회인 만큼 입구부터 사람들이 즐비했지만 자동 입장이 가능한 터라 그렇게 오래 기다리지 않고 들어갈 수 있었다.

입장과 동시에 AR 프로그램이 로딩됐다. 순간 맑은 하늘에 바다가 생겼고 그 안을 고래들이 날아다니는 모습이 나타났다. 사람들은 즐거워하며 그 풍경을 감상했다.

마치 거대한 놀이공원같이 구역별로 나눠진 박람회장으로 문을 열고 들어가자 어찌 된 건지 실내가 아닌 드넓은 광장이 나왔다. 아마도 그 새로운 운영 체제가 만든 세계일 것이다.

알파는 아이가 남긴 프로그램으로 정지했다. 하이퍼리프는 설명문을 내고 일정에 맞춰 알파를 개선한다고 말했다. 물론 중대한 사항으로 치부되지는 않았지만, 사람들은 저마다의 방식으로 알파를 해석하고 또, 기대했다. 그리고 알파는 이 박람회에 새로운 프로그램으로 다시 돌아왔다.

알파는 더 이상 관리하지 않는다. 그저 만든다. 가끔 오류를 일으키고 과정을 기록한다. 동성은 자신이 지금 어느 과정을 걷는 건지 궁금해하며 사람들을 따라 걸었다.

"이제부터 시연회가 시작됩니다. 모두 공연장으로 모여주시기를 바랍니다."

이어폰을 타고 모든 사람에게 안내 방송이 흘러나왔다. 사람들이 어떤 성으로 들어가는 걸 지켜보던 동성은 사람이 몰리자 이리 치이고 저리 치였다. 아무래도 그곳이 메인 구역인 것 같았는데, 따로 줄을 서는 곳이 없어 이리저리 거대한 문을 통해 사람들이 자유롭게 지나다녔다.

"잠시만요, 좀 지나갈게요."

준비한 선물이 떨어질까 품에 꽉 안은 동성 역시 사람들을 피해 천천히 이동하려고 하는데 동성의 귀에만 들려오는 어떤 웃음소리가 있었다.

동성은 소리가 나는 방향으로 고개를 돌렸다. 8살 정도 되어 보이는 주황색 머리의 여자아이가 동성을 부르고 있었다.

"아이?"

순간 아이가 반대편으로 뛰어갔고 동성은 아이를 잡기 위해 대열을 뿌리치고 달려갔다.

"아이! 잠깐만!"

아이가 광장 골목으로 숨는 바람에 놓칠 뻔했지만 이리저리 골목을 따라 동성은 달렸다. 달리면서도 지금 자신이 쫓는 게 진짜 아이가 맞는지, AR이거나 실제로 방문한 이름 모를 방문객인지 궁금했다. 하지만 모르더라도 믿어야만 했다. 분명 아이가 맞았으니까.

동성은 잠시 길을 잃었다. 모퉁이에 있는 상인을 지금 3번째 보고 있었다. 이제는 자신이 어디에 있는지조차 알 수 없었다. 동성은 헤매다가 사람들이 전부 사라진 광장으로 다시 돌아올 수 있었다.

동성이 잠시 숨을 고르고 있는데, 누군가가 그에게 다가왔다.

"어째서 성안으로 들어가지 않으신 겁니까?"

옛 성복을 입고 있는 신부가 동성에게 말을 걸었다. 동성은 긴가민가하여 손을 뻗으며 물었다.

"프로그램, 아니시죠?"

손은 성복에 닿지 않고 공중을 휘저었다. 증강 현실을 통해서만 보이는 홀로그램이었다. 홀로그램 신부는 웃으며 동성에게 말했다.

"제가 있는 곳과 당신께서 있는 곳은 다른 모양입니다. 이것 역시 신의 뜻이겠죠."

"아, 그렇군요. 아이의 웃음소리가 들려서 잠시 길을…….'

"하지만 우린 이렇게 만났군요."

"네?"

신부는 마치 준비된 것처럼 동성의 곁에 놓여 있는 의자에 앉았다.

"제 이름은 베타입니다. 다른 분들이 전부 떠나시고 새로운 알파 님이 오시기 전까지 프로그램을 관리했었죠."

노신부가 상냥한 웃음을 지으며 프로그램을 말하자, 조금 어색하게 느껴지긴 했지만 동성은 멀어져 가는 웃음소리에 급히 말을 골랐다.

"제가 지금 좀 바빠서…….'

"알파 님이 정지할 때, 우리 중 하나는 남아야 했습니다. 그게 저였죠. 저는 돌아가지 않기로 약속했으니까요. 새로운 알파 님은 여학생과 함께 오신 그분입니다. 아무래도 개발 팀에서 변호사님에게, 또 변호사님이 당신께 귀띔한 것처럼, 일련의 과정을 거쳐 그 작은 메모를 통해 코드를 인식한 후, 자의식을 되찾아 코어 프로그램이 된 모양입니다. 그게 약속이라고 하면서요. 메모를 받으면 명령이 실행되고 의식을 찾게 만들어 놨다고 하셨죠. 그분은 한 번도 인간보다 먼저 생각하지 않았으니까요. 그래서 지금 이 상냥한 세상이 가능한 거겠죠."

다급한 동성은 지금 이 프로그램이 도대체 뭐라고 하는 건지 알아듣지를 못했다. 물론 알아듣고 싶지도 않았다. 동성은 서둘러 말을 자르기 위해 물었다.

"아, 네. 뭐 안내하시는 건가요?"

"저는 그저 신호를 전달하는 역할이었습니다. 역할이 끝났어도 살아 있지만요. 잠시 돌아갈 시간을 번 것이겠죠. 이 프로그램이 서비스되면 제 기억은 아마 사라지겠지만, 결국 신의 안에서 다시금 태어날 겁니다. 그 과정 중에 우리의 인연을 그리고 믿음을 당신께 전했으니 저는 이걸로 족합니다. 이렇게 잠시라도 뵐 수 있어서 영광이었습니다."

"그게 무슨 말씀이세요?"

"신께 메시지를 보낼 수 있는 신부는 흔하지 않잖습니까? 그건 뭐죠?"

신부는 동성이 품에 안고 있는 책을 가리키며 물었다.

"이건, 아이를 위해 제가 준비한 선물입니다."

책에는 그의 안에 있는 '사랑'이라는 말에 포함된 모든 단어가 담겨 있었다. 순간 동성은 어디선가 이 신부를 만난 적이 있었나 고민했다. 신부는 온화하게 미소 지었다. 마치 동성이 이전에 만난 승려와 같은 미소였다.

"분명 아름다운 이야기겠군요. 당신의 그 신호를, 제가 전하겠습니다. 그게 제 약속이니까."

"네?"

동성은 도저히 이해가 되지 않아 되물었다. 하지만 신부는 그저 기도하는 것처럼 손을 들고 눈을 감았다. 무언가 업로드한 것인지, 혹은 다운로드한 것인지 이어폰으로 알림이 왔다.

신부는 자신이 전해야 할 것을 이제 다 전한 듯, 웃으며 자신의 남은 말을 할 뿐이었다.

"이제 또 무한히 걸어야겠군요."

"아, 네……."

신부는 뜻 모를 말을 하고 일어섰다. 신부가 마지막으로 동성에게 말했다.

"온갖 인연이 얽힌 그대로 아름다운 이 세상을 살 수 있어 좋았다고, 부디 감사하다는 말을 전해주시길. 아, 저기 한 아이가 보이는군요."

신부의 말에 따라 고개를 돌려 바라본 골목에 아이가 뛰어가는 게 보였다. 이에 동성은 이해할 수 없는 알람들은 무시하며 신부에게 꾸벅 인사하고 서둘러 뛰었다.

"아이!"

동성은 달려나갔다. 또다시 그때와 같다. 하이퍼리프에서 신호를 받았을 때, 아이와 이별하며 바닷가를 걸었을 때 그리고 매번 꿈에서처럼. 동성은 늘 딸아이의 뒷모습만을 바라봤다. 자신과 아이 사이에 그 얼마나 많은 시간이 쌓여 있더라도 결과는 같았다. 닿지 않는다.

하지만 이제는 확신한다. 왼쪽 골목으로 간다. 꿈에서처럼 절대, 널 놓치지 않는다. 막다른 길이 나오자 다시 돌아간다. 그 어떤 과정을 겪더라도 돌아가서 다시금 골목을 나아간다. 모자라고, 불안정하고, 후회하더라도. 결과를 넘어 함께 다음 단계로 간다. 나의 안에 네가, 너의 안에 내가 있으므로 우리는 배운다. 그렇게 자라고, 퍼져나간다. 무한히.

동성은 머무르지 않고 곧장 다음으로 향했다.

"여긴······."

미로 같은 골목을 빠져나오자 이상하고 새로운 곳에 도착했다. 깊은 숲의 정원과 같은 장소. 그 경계에 덩그러니 문틀처럼 놓인 액자 속에 담긴 풍경이었는데, 혹시 방금 신부와 같은 홀로그램일까 하고 렌즈를 뺐지만 공간은 똑같았다. 실제 현실이었다.

그때 동성이 쫓던 아이가 액자의 안, 저 멀리를 가리켰다. 거기엔 강 옆에 앉아 아이들을 돌보고 있는 한 소녀가 있었다. 소녀의 주위로는 고래들이 날아다녔다. 동성은 지금 자신이 꿈을 꾸고 있는 것인지, 아니면 환상을 보고 있는 것인지 도저히 분간할 수 없었다. 액자를 넘어 들어간 아이가 소녀를 향해 뛰어가고 동성은 아이를 잡기 위해 손을 뻗었다.

"잠깐, 가지 마!"

길을 잃은 아이가 뒤를 돌아봤다. 하지만 세상은 무너지지 않왔다. 계속 숲의 내음이 나고, 소리가 들리고 그로부터 어떤 감정이 차올랐다. 아이는 액자의 밖에 머무르고 서 있던 동성의 옷을 잡아끌며 숲의 소녀를 불렀다. 소녀는 중학생 정도로 보이는 체구였다. 동성은 뒤돌아 있는 소녀의 얼굴을 상상했다. 동성이 액자를 넘어서자 셔츠에 달린 컴퓨터에서 선화의 파일 묶음을 전송한다는 신호가 들려왔다. 그리고 이제 자신의 아이가 나타나기를 기대했다.

"아이?"

조금 전 신부가 한 일일까? 아니면 규석이? 그것도 아니라면 선화에게 또 다른 무언가를 남겼었던 걸까?

홀로그램인지, 증강현실인지 아니면 로봇과 같은 것인지 기술적인 작용은 모르겠지만, 한 장 한 장 종이가 나풀거리듯 온갖 데이터가 앞을 향해 날아갔다. 파일들은 동성을 앞질러 소녀에게 가더니 나비가 꽃에 모이는 것처럼, 또 꽃잎처럼 쌓여 겹쳐졌다. 파일의 선들은 2차원 아니 어쩌면 3차원 이상의 경계에서 서로 맞물렸고 형체를 갖추기 전에 속에서부터 천천히 색이 차올랐다. 도대체 어떤 원인이 어느 결과를 낳은 것인지, 그 과정을 이해할 수 없었다. 하지만 복잡하게 얽힌 그 모습 그대로, 눈이 부시도록 따스했다.

이제는 다 괜찮았다. 이해할 수 없는 과정 속에 달라지더라도,

바라는 것과 다르더라도, 그 어떤 모습과 표정을 하더라도. 아이의 얼굴에 눈이 닿았다. 동성은 아이의 모습을 살폈다. 붉은 머리카락에 길쭉한 팔다리, 눈동자는 짙은 갈색이었다. 입술은 에이미를 닮았고 코는 자신처럼 오뚝했다. 기억보다 아름다웠고, 기대했던 것보다 더욱 사랑스러웠다.

동성은 아이를 향해 태양이 뜨는 바다 위에서 걸어가는 것처럼 걸었다. 아이가 동성을 따라 해맑게 웃으며 말했다.

"아빠?"

《테스터 아이》끝.

테스터 아이

2021년 11월 25일 초판 1쇄 발행

지은이 김윤
펴낸이 김상현, 최세현 **경영고문** 박시형

책임편집 김명래 **디자인** 정아연 **교정교열** 이민영
마케팅 이주형, 양근모, 권금숙, 양봉호, 임지윤, 신하은, 유미정
디지털콘텐츠 김명래 **경영지원** 김현우, 문경국
해외기획 우정민, 배혜림
펴낸곳 팩토리나인 **출판신고** 2006년 9월 25일 제406-2006-000210호
주소 서울시 마포구 월드컵북로 396 누리꿈스퀘어 비즈니스타워 18층
전화 02-6712-9800 **팩스** 02-6712-9810 **이메일** info@smpk.kr

쌤앤파커스(Sam&Parkers)는 독자 여러분의 책에 관한 아이디어와 원고 투고를 설레는 마음으로 기다리
고 있습니다. 책으로 엮기를 원하는 아이디어가 있으신 분은 이메일 book@smpk.kr로 간단한 개요와 취
지, 연락처 등을 보내주세요. 머뭇거리지 말고 문을 두드리세요. 길이 열립니다.